Bianca

RESISTIÉNDOSE A UN MILLONARIO
ROBYN DONALD

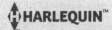
H HARLEQUIN™

Editado por Harlequin Ibérica.
Una división de HarperCollins Ibérica, S.A.
Núñez de Balboa, 56
28001 Madrid

© 2018 Robyn Donald Kingston
© 2018 Harlequin Ibérica, una división de HarperCollins Ibérica, S.A.
Resistiéndose a un millonario, n.º 2629 - 13.6.18
Título original: Claimed by Her Billionaire Protector
Publicada originalmente por Mills & Boon®, Ltd., Londres.

I.S.B.N.: 978-84-9188-081-3
Depósito legal: M-10886-2018
Impresión en CPI (Barcelona)
Fecha impresion para Argentina: 10.12.18
Distribuidor exclusivo para España: LOGISTA
Distribuidor para México: Distibuidora Intermex, S.A. de C.V.
Distribuidores para Argentina: Interior, DGP, S.A. Alvarado 2118.
Cap. Fed./Buenos Aires y Gran Buenos Aires, VACCARO HNOS.

Capítulo 1

NIKO Radcliffe esperaba una sofisticada banda que tocara sofisticada música country. Después de todo estaban en la parte más al norte de Nueva Zelanda, una región agrícola de pueblos pequeños, volcanes antiguos y un paisaje costero impresionante. Estrecha y rodeada por el mar, la península apuntaba hacia el Ecuador y se apoyaba en su belleza y su historia para atraer a los turistas.

Así que los acordes de jazz suave que llegaban hasta el aparcamiento mientras él caminaba hacia el auditorio Waipuna le resultaron una sorpresa agradable. O el extremo norte tenía una cultura musical profesional poco común, o, lo que era más lógico, el comité que había organizado el baile del centenario de Waipuna había contratado a una banda de Auckland.

Un hombre de mediana edad se acercó a él cuando llegó a las puertas.

—Buenas noches, ¿puedo ver su entrada, por favor?

Niko se la tendió, y tras echarle un rápido vistazo el portero asintió y dijo:

—Bienvenido a Waipuna, señor Radcliffe. Espero que disfrute de la velada.

—Gracias —respondió Niko, aunque tenía sus dudas al respecto.

Entró en el auditorio y se detuvo en la puerta para observar a la gente.

El distrito se había esmerado para la ocasión. En las paredes colgaban guirnaldas de flores, y su suave perfume flotaba por el cálido aire. Los hombres vestidos con esmoquin negro creaban figuras en medio de la colorida multitud. Todo el mundo parecía estar pasándoselo muy bien.

Quien se hubiera encargado de la decoración tenía talento, y debió haber trasquilado varias granjas y jardines del pueblo. Las flores competían en colorido con las brillantes copias de vestidos de los años veinte que llevaban las mujeres.

Niko deslizó la mirada con indolencia hacia una de las mujeres que estaba bailando. Aunque ella le estaba dando la espalda, era más alta que la media, y su cabeza de tono rubio rojizo la distinguía de las demás. Su elegancia tendría que haberle granjeado un mejor compañero de baile que el hombre de mediana edad que intentaba guiarla torpemente entre la gente. Cuando se giraron, Niko le reconoció: Bruce Nixon, el esposo de la mujer que dirigía el comité del baile del centenario de Waipuna.

La música se detuvo, la pista empezó a vaciarse y el ruido se cambió a un murmullo de risas y charlas. La mirada de Niko seguía clavada en aquel cabello brillante. Se dio cuenta de que la mujer y su acompañante se dirigían hacia la señora Nixon, la única otra persona que había reconocido también. A pesar de su inesperada llegada a Waipuna unos días antes, ella le había seguido la pista y le había dado la bienvenida al lejano norte.

–Y como nuevo dueño de la granja Mana, le agradeceríamos mucho que pudiera venir a nuestro baile del centenario y que conozca a algunas personas del lugar –le había dicho con un tono que a Niko le recordó a su severa primera institutriz.

Había accedido a aguantar el posible aburrimiento de un baile de pueblo porque la compra de la granja ganadera había sido la comidilla de los medios nacionales, y con bastante crítica. El nuevo director que había nombrado también le había contado el descontento que causaba que hubiera otro dueño ausente que comprara un trozo de tierra agrícola grande en Nueva Zelanda.

Especialmente un dueño con su pasado. Hijo único de una aristócrata europea que se había enamorado locamente de un rudo neozelandés, Niko apenas recordaba sus primeros años en la granja de su padre, situada en Isla del Sur. Solo tenía cinco años cuando su madre huyó con él de regreso al palacio de su padre en San Mari, un pequeño principado europeo.

Así que era lógico que le consideraran un forastero. El hecho de que hubiera forjado un imperio por sí mismo en el comercio no iba a cortar mucho el hielo con los pragmáticos granjeros kiwis.

Con el tiempo descubrirían que no tenía nada que ver con el anterior dueño de la granja Mana, que no solo había exprimido la propiedad hasta el último céntimo, llevándola a la larga prácticamente a la ruina, por lo que se vio obligado a venderla. Además había nombrado un director inútil y corrupto.

El hecho de que Niko hubiera despedido a aquel hombre causaría sin duda más rumores.

La señora Nixon miró al otro lado del salón de

baile, le vio y sonrió, haciéndole un gesto para que se acercara. Consciente de que al menos media docena de personas le estaban mirando abiertamente, Niko se dirigió hacia ella.

La pelirroja podría ser la hija de la señora Nixon, aunque no le parecía. Tanto la señora Nixon como su marido eran bajitos y más bien corpulentos, mientras que la joven era esbelta.

Niko entornó la mirada al ver el rostro de la pelirroja. Facciones finas y piel de marfil algo sonrojada por el ejercicio. El vestido de seda violeta revelaba sutilmente curvas suaves y largas piernas. No era guapa, pero había algo en ella que le hacía hervir la sangre. Tenía el cabello recogido de la cara en un moño bajo. La joven giró un poco la cabeza cuando Niko se acercó a ellos y mostró unos ojos algo caídos y una boca sensual de labios gruesos.

–¡Señor Radcliffe! Empezaba a pensar que no iba usted a venir –la señora Nixon sonrió al tenerle cerca.

–Siento llegar tarde –respondió él con tono suave–. Está claro que su baile es todo un éxito.

Ella sonrió todavía más.

–Espero que lo disfrute. Conoce a Bruce, mi marido, ¿verdad? –la señora Nixon continuó mientras ambos hombres se estrechaban la mano–. Y esta es Elana Grange, que nos ha ayudado mucho en la organización de esta noche, y también con la decoración. Es vecina nuestra puerta con puerta en Anchor Bay –la sonrisa que le dirigió la joven fue casi traviesa–. Elana, este es Niko Radcliffe, el nuevo dueño de la granja Mana.

–¿Qué tal, señor Radcliffe?

Tenía una voz fría, igual que la mano que le tendió. Le permitió sostenerla en la suya durante un breve instante y enseguida la retiró. Durante un momento, la inicial atención de Niko dio pie a una sensación mucho más primaria, una respuesta física incontrolable y rápida que le sobresaltó. Elana Grange irradiaba un sutil encanto provocativo que le excitó de un modo que nunca antes había experimentado.

Sin embargo, percibió contradicciones. Los ojos verde oscuro ribeteados de un tono dorado le daban un aire exótico, pero carecían del aire coqueto que veía con frecuencia en los ojos de las mujeres. Y aunque su boca insinuaba pasión, había algo en la elevación de la barbilla que indicaba reserva y control.

Algo que, por supuesto, podía ser deliberado. Algunas experiencias amargas en la juventud le habían llevado a captar varios métodos de provocación femenina. Si Elana Grange esperaba que se sintiera intrigado por su indiferencia, estaba muy equivocada. Niko había aprendido a lidiar con mujeres que le veían como un desafío, o como una vía hacia las ventajas sociales y económicas.

Su sofisticada apariencia no pegaba nada con la deteriorada choza en la que vivía, situada justo a las puertas de la granja Mana. Niko se había fijado en ella desde el helicóptero cuando llegó a Mana, y dio por hecho que aquel lugar estaba en ruinas. A juzgar por el estado del tejado, el dueño iba a tener que enfrentarse a una reparación muy costosa muy pronto.

La señora Nixon dijo con entusiasmo:

—Me alegro mucho de que haya podido venir esta noche, señor Radcliffe. ¿O debería llamarle conde?

–No. Mi nombre es Niko.

Una media sonrisa curvó la suave boca de Elana Grange, dándole un aire de misterio que provocó otra respuesta carnal en Niko.

La señora Nixon sonrió.

–Muy bien. Niko –miró a la mujer que tenía al lado–. Elana se estaba preguntando por qué has elegido la granja Mana, que está casi abandonada.

Elana se sonrojó ligeramente. Seguramente estaría avergonzada, pensó Niko con cinismo, pero la respuesta que le iba a dar sin duda circularía por todo el distrito. Así que le dijo la verdad.

–Pasé los primeros años de mi vida en una granja de la Isla del Sur, y también estaba allí en vacaciones. Siento afecto por Nueva Zelanda y su increíble paisaje. En cuanto a Mana... necesita ser rescatada.

Un comentario interesante e inesperado, pensó Elana. Sin embargo, el hecho de que hubiera comprado tanto ganado y la granja había causado mucho revuelo, y seguramente él era consciente de que no todos los comentarios eran favorables. Fingir cariño por el país podía ser un modo de aligerar aquello.

El conde tenía una voz interesante si te gustaban los hombres con voz grave y cierto tono seco. Sabía dar la mano perfectamente, lo bastante fuerte para mostrar dominación pero sin causar dolor. Cuando le soltó la mano, Elana tuvo que hacer un esfuerzo para no rascarse la palma disimuladamente contra el costado.

Nada más ver el arrogante corte de su mandíbula se puso instintivamente a la defensiva. Y la implacable mirada de sus ojos azules como el hielo había reforzado su deseo de protegerse. Era muy poco probable que llegara a hacerse amiga alguna vez del nuevo dueño de la granja Mana.

Sin embargo, el cuerpo le bullía con una sensual excitación. El conde Niko Radcliffe tenía un cuerpo delgado, carismático y musculoso enfatizado por anchos hombros y era muy alto. Llevaba el esmoquin con una confianza intimidatoria como ella no había visto nunca antes.

«Cálmate», le dijo Elana a su saltarín corazón. Los hombres guapos no eran tan poco comunes, y había visto suficientes fotos de Niko en los medios de comunicación como para saber qué esperar.

Pero las fotos no lograban transmitir su natural aire de autoridad que era más que físico, respaldado por aquella perturbadora sonrisa. Según los medios, dirigía sus numerosos intereses con una formidable combinación de inteligencia, determinación y crueldad. En la mente de Elana se formó la imagen de un rey guerrero de la antigüedad que gobernaba con auténtica fuerza de carácter. Química, decidió intentado enfriar su absurda reacción con ironía. Algunos hombres la tenían a espuertas. Y por muy peligrosamente atractivo que fuera, el magnetismo de Niko Radcliffe no tenía nada que ver con la sinceridad, la amabilidad ni con ninguna virtud. Aunque seguramente los multimillonarios de la realeza no necesitaran sinceridad ni amabilidad para atraer a algunas mujeres.

Avergonzada al instante por el curso de sus pensa-

mientos, Elana los borró. Según la señora Nixon, una
ávida lectora de las revistas del corazón, Niko escogía
amantes conocidas por su belleza e inteligencia. La
última era una bella aristócrata inglesa. Y en los círculos granjeros también tenía una buena reputación. Unas
semanas atrás Elana había leído un artículo sobre cómo
rescató al ganado de ovejas en la granja que había
heredado de su padre. Invirtió mucho dinero talando
los pinos salvajes que amenazaban con convertir la
tierra en un bosque y eliminando a las cabras. Al parecer estaba decidido a acabar también con los cone-
jos, aunque admitió que necesitaría un milagro para
conseguirlo.

Elana se atrevió a levantar la vista. El pulso se le
aceleró cuando sus ojos se encontraron. No podía
imaginarse a aquel hombre, tan seguro de sí mismo
con su esmoquin hecho a medida, disparando a las
cabras o arrancando pinos pequeños. Pero seguro que
tenía secuaces para hacer el trabajo duro. Esbozó una
sonrisa indiferente en los labios y dijo con tono ligero:

–Bienvenido a las tierras del norte, señor Radcliffe.

–Niko –respondió él alzando las oscuras cejas con
voz cortante.

Pero entonces sonrió. Elana se quedó impactada
por la repentina tirantez que sintió en los nervios y en
las articulaciones. ¡Aquella sonrisa era impresionante! Y sin duda él era consciente del impacto que
provocaba.

–Felicidades por la decoración –continuó Niko–.
Es preciosa.

Elana hizo un esfuerzo por controlar el subidón de adrenalina antes de decir:

–Gracias. Hemos trabajado con un comité excelente.

En aquel momento la banda tocó un acorde imperioso, y cuando disminuyeron las voces, el maestro de ceremonias, uno de los granjeros locales, habló en el micrófono para dar la bienvenida a los asistentes. Elana sintió algo demasiado parecido al alivio cuando el hombre que tenía al lado se giró para escuchar.

«Deja de portarte como una idiota», se dijo con firmeza. De acuerdo, el nuevo dueño de Mana tenía una presencia que atraía las miradas y toda la atención. Era definitivamente un macho alfa, inflexible, intolerante e intimidatorio. Como el padre de Elana. El tipo de hombre que despreciaba. Y temía...

El maestro de ceremonias anunció el siguiente baile, y el conde se giró hacia la señora Nixon con una propuesta que hizo que la mujer se sonrojara ligeramente.

–Es muy amable por tu parte, pero esta noche no puedo bailar. Ayer me torcí el tobillo.

Elana se dio cuenta horrorizada de que Niko tenía que pedirle bailar a ella por educación. Y así fue, se giró para mirarla con aquellos ojos de largas pestañas.

–¿Me concedes el placer?

«Di que no». Pero sería muy desagradable. Después de todo, solo era un baile... confiando en que su sonrisa ocultara su abrupta e injustificada reacción, Elana puso los dedos con cautela sobre su brazo extendido.

–Así que vives encima de Anchor Bay –dijo Niko cuando la banda empezó a tocar los primeros acordes.

No parecía particularmente interesado, así que ella respondió con el mismo desinterés.

—Sí.

—Desde allí puedes ver gran parte de la granja Mana. Enseguida notarás algunos cambios.

El tono decidido de su voz le congeló la sangre. Elana alzó la vista y sus miradas se entrecruzaron durante unos segundos. Parpadeó y bajó los ojos para protegerse del irónico desafío de sus ojos azul hielo.

—¿Te sorprende? —le preguntó Niko con voz suave.

Elana hizo un esfuerzo por decir algo convencional, pero solo le salió:

—No. Me alegro. Ya era hora de que alguien le devolviera algo del orgullo perdido a Mana.

Niko frunció primero el ceño y luego asintió.

—Eso es precisamente lo que quiero hacer. No te preocupes, no te aburriré hablando de la granja. Bailemos.

Un escalofrío le recorrió a Elana la espina dorsal al acercarse más a él. Durante un instante sintió como si hubiera dado un paso prohibido hacia un mundo alternativo. Un mundo peligroso, pensó cuando empezaron a moverse juntos. Un mundo en el que no se aplicaban reglas. El corazón empezó a latirle con fuerza, sorprendiéndola, y abrió las fosas nasales al aspirar el aroma excitante y viril de Niko y sentir la fuerza de sus brazos aprisionándola.

¿Aprisionándola? Qué pensamiento tan ridículo. Pero el calor de la mano de Niko en su cintura estaba despertando una respuesta obvia. El vestido le pareció de pronto demasiado revelador, la seda violeta le resbalaba por la piel sensibilizada con un sensual masaje.

Por supuesto, Niko bailaba de maravilla. Estaba dispuesta a apostar que aquel cuerpo tan espléndido lo hacía todo bien, desde bailar a hacer el amor.

–¿Estás bien?

La voz de Niko la sobresaltó. Tuvo que tragar saliva antes de poder hablar, e incluso entonces sonó vacilante.

–Sí, muy bien –miró de reojo hacia los ojos entornados de Niko–. ¿Por qué lo preguntas?

–Pareces un poco tensa –respondió él con frialdad–. No suelo morder, y cuando lo hago no hace daño.

Elana sintió una oleada de calor que la recorrió de la punta de los pies a la coronilla. El instinto de cautela dio lugar a una sensación mucho más intensa. ¿Estaba ligando con ella? En cuanto aquel pensamiento le cruzó por la mente, lo rechazó. Por supuesto que no. Era imposible pensar que el conde Niko Radcliffe hiciera algo tan frívolo. Entonces, ¿la estaba poniendo a prueba? Si aquel era el caso, resultaba muy poco amable. Niko estaba tan fuera de lugar en Waipuna como lo estaría ella en los círculos sociales que él frecuentaba. Según la señora Nixon, las estrellas de cine se enamoraban de él... y seguramente alguna que otra princesa. Pero a Elana le daba igual, pensó intentando meter en vereda sus desbocados sentidos.

–Así que estás a salvo –continuó Niko.

El tono burlón de su voz hizo que ella estirara la columna vertebral.

–Siempre es bueno tener esa seguridad –respondió.

–¿Aunque no termines de creértelo?

Elana intentó pensar en alguna respuesta inocua

que decirle, pero antes de que se le ocurriera algo Niko continuó hablando.

–No sé qué habrás oído de mí, pero no ataco a las mujeres.

En cuanto aquellas palabras salieron de su boca, Niko se preguntó por qué las había dicho. Pasaba más tiempo defendiéndose de las mujeres que tranquilizándolas respecto a su integridad. No se hacía ilusiones respecto a las razones que había tras aquel tipo de interés femenino. El dinero y el poder atraían mucho, y para cierto tipo de mujer era suficiente para seducir. Pero por alguna razón, la voz de Elana Grange le había tocado el nervio. De hecho, toda ella. Cuando les presentaron sintió sus dedos largos y finos y sin anillos, y durante un instante se preguntó qué sentiría al notarlos en la piel. Y cuando la tomó entre los brazos todo su cuerpo se tensó con una respuesta primitiva. Sin embargo, por muy elegante que pareciera, tenía la sensación de que Elana Grange no era lo suficientemente sofisticada para el tipo de relaciones que él buscaba. Sus historias, que no eran tantas como sugería la prensa, siempre habían sido entre dos personas que se gustaban y se deseaban y cuyas mentes encajaban. Valoraba la inteligencia tanto como el atractivo sexual. Y sus amantes siempre sabían de antemano que no estaba interesado en el matrimonio.

No sabía qué tipo de mente tenía Elana Grange, pero su aspecto era de ensueño y también su modo de bailar. Su elegancia insinuaba la promesa de un cuerpo sinuoso. Elana rompió el silencio entre ellos.

–Señor Radcliffe, corre el rumor de que tiene pensado dividir Mana en parcelas, venderlas y convertirlo en una urbanización privada...

–No –la interrumpió Niko–. Mi plan es que vuelva a ser la granja vital y productiva que debió ser en el pasado.

–¿Por qué? –preguntó Elana sin poder evitarlo.

Niko encogió sus anchos hombros.

–Odio el desperdicio. En San Mari cada acre de tierra es algo muy preciado que se cuida y se alimenta desde hace siglos con respeto. Todas las tierras agrícolas y de pastoreo deberían verse así –alteró un poco el tono de voz al terminar–. Y llámame Niko.

–Entonces tú debes llamarme Elana –dijo ella con la esperanza de que no se le notara la resistencia en el tono.

Un repentino cambio de dirección sobresaltó a Elana hasta que se dio cuenta de que Niko la estaba dirigiendo alrededor de una pareja que bailaba el charlestón en medio de la pista.

–Lo hacen muy bien –murmuró ella.

Apenas había pronunciado aquellas palabras cuando el joven perdió el paso y se precipitó hacia ellos.

El brazo de su compañero se puso tenso al instante, apretando a Elana contra su fuerza de acero de modo que se vio sujeta firmemente durante unos segundos contra los poderosos músculos de sus muslos. Una sensación intensa y sensual la dejó sin aliento.

«Concéntrate en el baile», le ordenó con firmeza a su desobediente cuerpo apartando una imagen erótica al rincón más lejano de su mente y tratando de cerrarle la puerta.

–Gracias –jadeó con la boca repentinamente seca.

–No ha sido nada –respondió Niko con tono frío y despreocupado.

Estaba claro que él no había pasado por la misma respuesta potente. De hecho había aflojado el brazo rápidamente, como si encontrara aquella repentina cercanía desagradable. Y entonces, para su sorpresa, Niko le preguntó:

–¿Eres la florista local?

Elana vaciló. Parecía bastante interesado, y eso le resultaba extraño. Tal vez fingir interés cuando uno estaba aburridísimo era otra habilidad que se aprendía en la corte principesca...

«De acuerdo, ahora céntrate en la charla banal», se dijo. «Ignora esos vibrantes segundos en los que estuviste apretada contra él y te sucedió algo extraño».

–Trabajo a tiempo parcial en la floristería de Waipuna –contestó con tono suave.

–¿Es lo que siempre habías querido? –le preguntó él como si estuviera interesado.

–No –Elana hizo una pausa de unos segundos antes de continuar–. Soy bibliotecaria y antes trabajaba en Auckland, pero hace un par de años una situación familiar me hizo regresar a Waipuna.

La situación familiar era un accidente que había matado a su padrastro y confinado a su madre a una silla de ruedas.

–Y decidiste quedarte aquí.

Elana alzó la vista y volvió a sentir uno de aquellos escalofríos al ver sus ojos azules.

–Sí –contestó en un tono ajeno incluso para ella.

–¿Y no hay biblioteca en Waipuna?

–Sí, pero la llevan voluntarios. No hay necesidad de una biblioteca profesional.

–Entiendo. ¿Y te gusta trabajar en la floristería?

Era imposible que le interesara la vida de una mujer de un pueblo perdido en las tierras salvajes de Nueva Zelanda. No hacía falta que Niko lo supiera, pero aunque amaba Waipuna echaba de menos el estímulo de su vida profesional en Auckland.

–Siempre me han fascinado las flores –dijo evadiendo el tema–. Mi madre era una gran jardinera y al parecer desde que yo empecé a andar la volvía loca porque empezaba a arrancarlas todas...

Se detuvo bruscamente. Las flores que a su madre le habían sido permitido cultivar.

–Antes de que terminaran de salir –concluyó.

Niko miró a su alrededor.

–Está claro que tienes talento para arreglarlas. La señora Nixon también mencionó que has escrito un pequeño ensayo sobre el auditorio. No lo he leído todavía, pero tengo intención de hacerlo. ¿Eres historiadora además de bibliotecaria?

Elana se sonrojó un poco.

–Hice la carrera de Historia porque me gusta. Después de eso mi padrastro insistió en que hiciera un curso de Empresariales.

–Muy sensato por parte de tu padrastro –comentó Niko–. ¿Y te vino bien?

A Elana no le gustó cómo enfatizó la palabra «padrastro». Steve había sido tan bueno con ella como un padre. Infinitamente mejor que su propio padre.

–Sí, me vino muy bien –afirmó con cierta brusquedad.

Sobre todo durante el último par de años, después de que una amiga le pidiera que grabara los recuerdos de su bisabuela y los transcribiera para poder recopilarlos en un libro para su cien cumpleaños. La tarea le resultó a Elana absorbente, disfrutó de la experiencia y se quedó asombrada cuando la familia de su amiga insistió en pagarle por el tiempo que había dedicado. Y lo más impactante fue que corrió la voz por el distrito y pronto se vio repitiendo el proceso. Entonces el editor del periódico local la contrató para que escribiera artículos sobre la historia del distrito. Como solo trabajaba tres días a la semana en la floristería, el dinero le venía muy bien y le encantaba la investigación.

Para su alivio, la música terminó y Niko Radcliffe la soltó y le ofreció el brazo. Forzándose a relajarse, lo aceptó y trató de ignorar el repentino escalofrío que la recorrió, una extraña sensación de abandono. ¿Cómo era posible que un hombre al que acababa de conocer tuviera aquel efecto en ella? «Se lógica», se dijo con firmeza mientras cruzaban la sala hacia el señor y la señora Nixon. «Sí, te sientes atraída por él, ¿y qué? Seguramente no eres la única a la que le ha pasado eso esta noche». Cuando anunciaran el siguiente baile escogería otra pareja y esa mujer sentiría la misma excitación subliminal, un tirón de sexualidad peligroso y al mismo tiempo atractivo.

Se acercaron juntos a los Nixon, que acababan de terminar de hablar con otra pareja. Niko bajó la vista, sorprendido por el modo en que las luces brillaban sobre su pelo reluciente. Cuando estuviera libre del moño que llevaba al cuello parecería seda. En su mente surgió la imagen de aquella melena suave expandida por la almohada, de su cuerpo ligero de piel marfil sobre las sábanas y sus ojos verdes adormecidos... irritado por la repentina oleada de deseo, Niko reprimió aquel pensamiento seductor y se centró en la charla. No esperaba pasar un buen rato aquella noche. Si su presencia en el baile servía para convencer al distrito de que pretendía volver a convertir la granja Mana en un lugar productivo, la posición del nuevo director sería más fácil.

Escuchó, por encima de las risas y la conversación, el ruido ensordecedor de un coche pasado de revoluciones moviéndose a toda velocidad. Cuando el ruido cesó, la señora Nixon le dijo:

—Es uno de los gamberros locales. Como todos los chavales que tienen ese tipo de actitud, les gusta montar bronca en el distrito de vez en cuando.

Niko asintió. La banda empezó a tocar la siguiente pieza y un joven vestido con un esmoquin que le quedaba un poco grande se acercó y le pidió bailar a Elana Grange. Ella aceptó con una sonrisa. Mientras la veía bailar, Niko tuvo que resistir una rápida emoción que se parecía demasiado al instinto posesivo. Sorprendido por la intensidad, agarró a una mujer que la señora Nixon acababa de presentarle y la guio hacia la pista de baile. Pero aunque su compañera bailaba bien y parecía simpática, Niko tuvo que hacer un esfuerzo por centrarse en ella y dejar que los ojos se le fueran hacia Elana Grange. A medida que transcurría la noche, se dio cuenta de que era muy popular y todos querían bailar con ella, aunque ella no parecía decantarse por ninguno en particular.

Manteniendo la mirada alejada de Niko Radcliffe, Elana charló con sus amigos y conocidos, contenta de que no le hubiera pedido otro baile. Cuando llegó la medianoche se sentía extrañamente cansada, pero consiguió contener los bostezos hasta que se metió en el coche y siguió al de Niko. Contuvo otro bostezo y se centró en la carretera, que se iba haciendo más estrecha. Durante algún momento del baile había llovido y el pavimento brillaba bajo los faros. Tras algunos kilómetros, la carretera giraba hacia la costa y el pavimento se convirtió en gravilla. Cuando estaban a mitad de camino, las luces del coche de delante le indicaron que había algún problema. Frenó en seco y contuvo al aliento cuando el cinturón se le clavó en el pecho. Y cuando sus desconcertados ojos distinguieron la causa de la repentina parada gimió:

–Oh, no.

Capítulo 2

LOS FAROS del coche revelaban un vehículo parado a un lado. El conductor no había conseguido tomar bien la curva y el coche había resbalado antes de caer a la cuneta. Los terribles recuerdos de otro accidente, el que había matado a su padrastro y finalmente a su madre atravesaron la mente de Elana. Sintió un nudo en el estómago y se quedó paralizada hasta que se dio cuenta de que Niko Radcliffe ya había salido del coche y corría hacia el accidente. Elana se quitó el cinturón con dedos temblorosos y abrió la puerta. Antes de salir sacó el botiquín de primeros auxilios de la guantera y se unió a Niko, que estaba abriendo la puerta del conductor.

–Oh, Dios mío, por favor... –Elana rezó en silencio antes de detenerse de golpe al darse cuenta de que Niko estaba prácticamente dentro del coche, seguramente quitándole el cinturón al conductor.

–Atrás. Rápido –le ordenó a ella girándose para mirarla–. Huele a gasolina. Vete –le exigió sacando al conductor del coche con un fuerte tirón–. ¿Tienes móvil?

–Sí, pero...

–Entonces vuelve al coche y llama para pedir ayuda.

Dividida entre avisar a emergencias y ayudar a Niko, Elana vaciló.

–¡Vamos! ¡Y quédate en el coche!.

Ella obedeció, volvió a toda prisa al coche y marcó el número de urgencias con la vista clavada en Niko y en la carga que arrastraba.

–Ambulancia, bomberos y policía –le dijo a la operadora tras responder lo mejor que pudo a las preguntas que le hicieron–. El olor a gasolina se ha hecho más fuerte, tengo que colgar.

Dejó el móvil en el asiento del copiloto y corrió hacia Niko, que debía ser extraordinariamente fuerte porque, aunque tenía el rostro sudado, había llevado al conductor del coche accidentado más allá de sus vehículos, hasta lo que Elana esperaba que fuera una distancia de seguridad. Jadeando, Niko dejó al hombre inconsciente al borde de la carretera antes de incorporarse.

–¿Cuánto tardarán en llegar?

–Unos quince minutos –respondió Elana colocándose de rodillas al lado del conductor, que estaba peligrosamente quieto–. Jordan –dijo tomándole de la mano–. ¿Puedes oírme, Jordan? Soy Elana Grange. Abre los ojos si puedes.

–¿Quién es? –preguntó Niko

–Jordan Cooper –contestó ella con los ojos llenos de lágrimas–. Solo es un niño. Debe tener dieciocho años. Parece que no tiene pulso –dijo concentrándose en la muñeca.

Temblando por dentro, Elana exploró un poco más y para su intenso alivio reconoció un pequeño latido contra los dedos.

–Sí. Está vivo –puso con cuidado la mano sobre el pecho del conductor y lo sintió subir y baja bajo la palma–. Respira. Te vas a poner bien, Jordan. La ayuda llegará pronto. Sigue respirando.

Niko la observaba agachado al lado de la cuneta. El tiempo nunca había pasado tan despacio. Confiaba en no haber agravado las lesiones de Jordan al sacarle del coche. El chico llevaba puesto el cinturón de seguridad, así que seguramente se había librado de una lesión grave. El olor a gasolina derramada seguía en el aire como una amenaza constante. Por fin el silencio quedó interrumpido por el sonido de unos vehículos subiendo la colina. Elana alzó la cabeza.

–Jordan, la ambulancia ya está aquí –dijo con voz temblorosa de alivio–. Veo las luces a través de la maleza. Sigue respirando. Te vas a poner bien.

Cuando llegó la ambulancia seguida de los bomberos y un coche policial, Elana guardó silencio. Él se acercó y la ayudó a ponerse despacio de pie. Aunque estiró los hombros con valentía, no pudo disimular los escalofríos que le recorrían el esbelto cuerpo. Niko se quitó la chaqueta y se la pasó por los hombros.

–¿Estás bien?

–Sí.

El temblor de la voz y el escalofrío que le acompañó le hizo saber a Niko que estaba en estado de shock. Era comprensible, ya que conocía al chico. Le pasó un brazo por el hombro y ella dio un respingo.

–¿Qué ocurre? ¿Te has hecho daño con el cinturón de seguridad?

–No. Estoy bien –y para demostrarlo, Elana se apartó de él.

Por alguna razón, aquello exasperó a Niko. Entornó la mirada y la observó de cerca mientras el personal hacía su trabajo y metía al joven, todavía inconsciente, en la ambulancia.

—Elana, ¿estás bien? —preguntó un joven policía colocándose delante de ellos con el ceño fruncido.

—No te preocupes, Phil, estoy bien —respondió ella esbozando una sonrisa temblorosa.

—Qué mala suerte que te pase esto justo a ti... —se detuvo. Parecía muy incómodo.

Niko miró a Elana. ¿Qué estaba pasando? ¿Se había visto involucrada en algún accidente hacía poco?

—¿Puedes contarme lo que ha pasado? —preguntó el policía sin dejar de mirarla.

—Ninguno de los dos lo hemos visto —le informó Niko—. Parece que tomó la curva demasiado rápido y se salió de la calzada. Creo que llegamos justo inmediatamente después.

Niko sabía que había preguntas que hacer, pero no era el momento. La mujer que estaba a su lado ya no temblaba, pero seguía en estado de shock. No era de extrañar si había tenido un accidente recientemente. Al parecer el policía estaba de acuerdo, porque dijo:

—Gracias por avisar tan rápido. Los bomberos dicen que el motor no explotó de milagro. Se encargarán de ello y se llevarán el coche —miró en silencio a la mujer—. Lo siento mucho, Elana. Te habrá traído muy malos recuerdos. Ahora mismo necesitas tomarte algo caliente y que alguien cuide de ti. Te llevaré a casa.

Niko miró el pálido rostro de Elana, y sin pensar, la tomó del brazo y dijo con firmeza:

–Puede quedarse en Mana. La casa no está completamente reformada pero es habitable.

Esperaba resistencia, y así fue.

–No es necesario. Estoy bien, y espero que Jordan también.

–El médico dice que ha tenido suerte –la tranquilizó el policía–. Seguramente se ha roto alguna costilla y algunas heridas leves, pero poco más –miró a continuación a Niko–. Creo que Elana no debería conducir. Si puede dejarla en su casa, yo me aseguraré de llevarle el coche.

Ella vaciló un instante y luego se encogió de hombros.

–Las llaves siguen en el coche –murmuró–. De acuerdo, Phil, no conduciré si crees que no debo hacerlo. Voy a sacar el bolso.

Niko no pudo evitar admirar tanto su espíritu como su sentido común.

–A mí también me vendría bien algo caliente y tranquilizador ahora mismo. Creo que optaré por el whisky.

Las luces de los vehículos que todavía estaban allí revelaron su expresión de incredulidad y su mirada entornada.

–Odio el whisky.

Su intransigencia le hizo gracia, y Niko la siguió con la mirada mientras se dirigía a su coche.

Cuando ya no pudo oírlos, el policía se giró hacia él.

–Qué mala suerte que le haya tocado esto a ella –dijo en voz baja mientras la veía abrir la puerta del coche–. Perdió a su madre y a su padrastro hace un par de años en un accidente. Él murió al instante, y su madre resultó tan gravemente herida que ya no pudo volver a andar.

–Maldición –murmuró Niko.

–Sí. Elana iba con ellos. Un camión fuera de control los embistió de frente –Phil sacudió la cabeza–. Tuvo suerte, pero se vio obligada a dejar un buen trabajo en Auckland para volver a casa y cuidar de la señora Simmons, su madre. Murió de un ataque al corazón hace unos seis meses.

Niko miró hacia el coche. Elana seguía todavía revolviendo por el asiento delantero, buscando al parecer el bolso. Por fin se incorporó con él en la mano. Niko se giró hacia el policía.

–Soy Niko Radcliffe, de la granja Mana.

–Sí, le he reconocido por las fotos del periódico local –se estrecharon la mano.

Niko abrió la puerta del copiloto de su coche cuando Elana llegó hasta ellos. Entró a regañadientes y una vez dentro cerró los ojos y apoyó la cabeza en el respaldo. A pesar de la semioscuridad, Niko se dio cuenta de que no había recuperado el color en la cara y se agarraba al bolso como si estuviera reviviendo el impacto de un accidente. Sintió una punzada de compasión.

Cuando le oyó entrar en el coche, Elana se forzó a abrir los pesados párpados y aspiró con fuerza el aire.

–Gracias. No me había dado cuenta de lo afectada que estaba por la situación.

–Los accidentes son siempre un trago difícil, y me imagino que para ti es mucho peor.

Así que Phil se lo había contado. Parpadeó para contener las lágrimas.

–Creía... confiaba en haberlo superado. El shock, quiero decir.

A veces se preguntaba si alguna vez se recuperaría de la tragedia de haber perdido a sus padres.

–Dale tiempo –dijo Niko arrancando el coche–. Y si no se cura del todo, normalmente se aprende a vivir con ello.

Ella lo miró sorprendida. Su rostro angular y su tono de voz le hicieron preguntarse si lo sabía por propia experiencia. Se reprendió al instante por ser tan egocéntrica. No era la única persona del mundo que había vivido una tragedia. Otras personas vivían cosas todavía peores y conseguían superarlo.

–Es que les echo mucho de menos –dijo con tono débil.

Para su asombro, Niko quitó una mano del volante y le cubrió la suya. Su contacto le resultó cálido y extrañamente reconfortante.

–Esa es la peor parte –le dijo soltando sus dedos fríos–. Pero a la larga aprenderás a vivir sin ellos. Y a ser feliz de nuevo.

Su pragmática simpatía calentó alguna parte dentro de ella que llevaba tanto tiempo congelada que ya se había acostumbrado. ¿Habría sufrido también Niko una pérdida? Seguramente. Sin embargo, no se sentía cómoda hablando de su dolor con un desconocido, aunque los acontecimientos de la noche habían creado en cierto modo un lazo entre ellos. Elana abrió los ojos y miró hacia delante. Los faros del coche revelaron unos potreros y unas vallas.

–¡Eh! –exclamó–. Para, ¿qué haces?

Pero él siguió conduciendo hacia la granja Mana.

–Te has pasado mi entrada. Lo siento, tendría que haberte dicho dónde vivo...

–Sé dónde vives. Pero no deberías quedarte sola esta noche.

Silenciada por una mezcla de shock y rabia, Elana abrió la boca para hablar, pero tenía la garganta cerrada y las palabras se negaron a salir. El hombre que estaba a su lado siguió hablando.

–He llamado a la señora que cuida de la casa y te está preparando una habitación. Seguro que tiene pestillo –añadió con ironía–. Aunque en caso contrario también estarás a salvo.

Elana aspiró con fuerza el aire.

–Me encuentro bien... un poco alterada, eso es todo. No hace falta que despiertes a la señora que cuida la casa.

–No es ningún problema para ella –afirmó él escuetamente girando el volante para entrar entre los dos muros de piedra bajos.

Durante muchos años habían sido la orgullosa entrada de la granja Mana. Ahora habían caído algunas piedras volcánicas al suelo, pero sin duda enseguida las recolocarían.

–Pues... muchas gracias –murmuró Elana apretando los dientes.

–No es nada.

Su tono indicaba que lo decía de verdad. A su manera dominante, Niko Radcliffe pensaría seguramente que estaba siendo únicamente un buen vecino. Porque por supuesto, sería la señora que cuidaba la casa quien se encargara de todo.

—Ha sido una experiencia dura para ti, y no es de extrañar —continuó él.

—¿Y eso significa que no soy capaz de cuidar de mí misma?

—¿Siempre te resulta tan difícil aceptar ayuda?

A Elana no se le ocurrió ninguna respuesta sensata. Por mucho que se resistiera a la idea, el impacto del accidente de Jordan no era la única razón de su silencio. Desde el momento que vio a Niko causó un potente efecto en ella. Y desde luego no era algo que quería compartir con él.

Fue Niko quien rompió el silencio.

—Si la señora Nixon hubiera estado con nosotros, apuesto a que le habrías dejado que te llevara a su casa con ella.

—Bueno... —Elena hizo una pausa y luego dijo a regañadientes—, sí. Pero conozco a los Nixon de toda la vida y sé que se habría quedado preocupada.

—Yo también me habría quedado preocupado si te hubiera dejado sola. Y si te preocupaban los cotilleos del pueblo, quédate tranquila. La señora que cuida mi casa hará de carabina.

Su respuesta la hizo sentir como una virgen de un melodrama victoriano, así que Elana le espetó una respuesta cortante.

—No me preocupa lo más mínimo mi... bueno, mi seguridad. Ni mi reputación. Solo quiero irme a casa.

—No —afirmó Niko con frialdad.

—¿Por qué haces esto? —inquirió Elana frustrada—. ¿No te das cuenta de que es un secuestro? Hubiera preferido que habláramos del asunto antes de dejar atrás mi puerta.

–¿Por qué? Habríamos tenido exactamente la misma conversación, solo que un poco antes. Y doy por hecho que eres lo bastante sensata como para aceptar que no solo estás cansada, sino también todavía traumatizada por la tragedia del accidente de tus padres.

Elana dio un respingo y apartó la cara cuando el coche se detuvo fuera de la casa. La luz dura de los faros resaltaba el cambio tan increíble que podían producir grandes cantidades de dinero en pocos meses. Las pruebas de los años de negligencia con el otro dueño habían desaparecido, y la casa de Mana lucía tan inmaculada como debió estar cuando fue construida, más de un siglo atrás.

Niko se giró y observó a Elana. Estaba mirando hacia la mansión con el gesto apretado.

–Te he puesto triste. Lo siento –dijo resistiendo el impulso de tomarle las manos para ofrecerle todo el consuelo que pudiera.

Años atrás aprendió la lección de dejare llevar por un impulso compasivo. La hija de un amigo había sufrido un contratiempo y se la llevó a hacer un crucero corto en su yate. Pero entonces se dio cuenta de que se estaba enamorando de él. Niko solo sentía por ella un afecto fraternal, y se lo dijo con toda la delicadeza que pudo. Estaría agradecido el resto de su vida de que su intento de suicidio resultara fallido, y ahora estaba felizmente casada. Desde entonces tenía mucho cuidado de no levantar expectativas que no era capaz de cum-

plir, y por eso escogía amantes sofisticadas que enten-
dían que no estaba interesado en el matrimonio.

Elana Grange sacudió la cabeza y respondió con
tono firme:

—Estoy bastante cansada de decirle a la gente que
estoy bien. Gracias. Estás siendo muy amable.

Esbozó incluso una sonrisa mientras estiraba los
hombros y decía:

—Es impactante lo que veinte años de abandono
han hecho a este sitio. Esos árboles pohutukawa que
están al borde de la playa deben tener más de trescientos años. Los antiguos dueños los iban a cortar.
Decían que tapaban las vistas.

—¿Por qué no lo hicieron?

—Hubo un clamor general y la amenaza de llevar el
caso a las autoridades medioambientales. No sé por
qué querían quitarlos, si casi nunca venían a Mana
—Elana hizo una pausa—. Y el roble que acabamos de
pasar fue plantado por la esposa del primer asentador
que vino aquí.

—A juzgar por tu tono, deduzco que no estás muy
segura de si voy a traer las excavadoras para tirar árboles —murmuró Niko con ironía.

Elana vaciló antes de decirle la verdad.

—No se me había ocurrido, pero espero que no lo
hagas.

—Prefiero plantar árboles en vez de matarlos —afirmó
con rotundidad.

Y como había decidido restaurar la casa en lugar
de demolerla, ella le creyó.

–A excepción de los pinos, creo.

–Sí, menos los pinos salvajes –reconoció Niko.

Apagó el motor del coche y salió. Elana aspiró con fuerza el aire y se quitó el cinturón de seguridad. Antes de que pudiera abrir la puerta, él la abrió desde fuera.

–Vamos, toma mi brazo –le ordenó Niko.

–Gracias, pero estoy bien –musitó Elana saliendo.

Aunque él no dijo nada, ella se dio cuenta de que la observaba fijamente mientras se dirigían a la casa. Una mujer abrió la puerta. La señora que cuidaba la casa, por supuesto. Tendría unos cuarenta y pico años y una sonrisa que expresaba bienvenida y curiosidad al mismo tiempo.

–Elana, esta es la señora West –dijo Niko–. Patty, Elana Grange vive aquí al lado. Ha sufrido un shock, así que sugiero que tome una taza de té o de café –la miró por el rabillo del ojo–. O algo más fuerte.

–Té está bien, gracias –contestó Elana lo más secamente que pudo–. Siento que el señor Radcliffe se sintiera obligado a hacerle pasar por todo esto –añadió.

La mujer sonrió todavía más.

–No supone ningún problema. Le he hecho la cama en una habitación con vistas al mar.

–Gracias.

Aunque debía ser muy tarde, Elana ya no estaba cansada. Solo abrumada. El té la ayudaría a pensar con claridad. ¿Por qué diablos se había rendido al calmado secuestro de Niko? La respuesta la miró a la cara. El accidente de Jordan le había devuelto el impacto de la pérdida primero de Steve y luego de su madre. Ahora era demasiado tarde para arrepentirse de su debilidad. Estaba allí, en Mana, y gracias al exacerbado sentido de la responsabilidad de Niko Radcliffe, no tenía manera de volver a casa.

Cinco minutos más tarde estaba sentada en el cómodo sofá de una salita que rezumaba elegancia dentro de un estilo rústico, luchando contra la fatiga que le nublaba la mente. Apenas era capaz de mantener los ojos abiertos, y bostezó con ganas. Sentarse no había sido una buena idea. En aquel momento lo único que quería era el bendito olvido del sueño... en su propia cama. Tenía los ojos como con arenilla y los huesos cansados.

Niko frunció sus oscuras cejas.

—Estás agotada. ¿Quieres saltarte el té?

—No —su voz sonaba extrañamente lejana. Echó hacia atrás los hombros y trató de sonreír.

—Lo has hecho muy bien —le dijo Niko con tono nivelado.

—Tú también —Elana jamás olvidaría cómo había sacado a Jordan del coche, la fuerza, la determinación de su rostro mientras arrastraba al joven a terreno seguro.

El sonido de una llamada entrante en un móvil la sobresaltó. Se puso de pie con una mezcla de preocupación y adrenalina, y tras un instante se dio cuenta de que Niko le estaba ofreciendo la mano. Elana se puso de pie con piernas temblorosas mientras él contestaba la llamada. Guardó silencio dos segundos y luego preguntó con tirantez.

—Al habla. ¿Cómo está Jordan?

Capítulo 3

ELANA tragó saliva y se preparó para la mala noticia. El tiempo se le hizo interminable hasta que Niko dijo en un tono completamente distinto:

–¿Ha recuperado la consciencia? Genial. Y a su edad los moretones y las costillas rotas se curarán muy deprisa. Ha tenido suerte.

Elana se encorvó, agradecida de sentir la fuerza de su brazo rodeándola

–Sí, me aseguraré de contárselo a ella –terminó Niko–. Muchas gracias –la soltó y guardó el móvil –siéntate–. Necesitas algo más fuerte que el té.

Elana se sentó en el sofá y resistió otra debilitadora oleada de cansancio. En aquel momento entró la señora West con una bandeja. La dejó sobre la mesa y frunció el ceño.

–Dios mío, señorita Grange, está usted pálida como un fantasma. Creo que le vendría bien un poco de brandy en el té.

Elana se recompuso y trató de esbozar una sonrisa.

–No, de verdad, el té me sentará de maravilla.

La señora West asintió con la cabeza y salió de la habitación. Niko le sirvió una taza de té a Elana y se la acercó. Ella empezó a tomárselo a sorbos y luego dijo para romper el silencio:

—Esta no ha sido la mejor introducción en Waipuna para ti. Espero que las demás visitas no sean tan dramáticas.

—Yo también lo espero, porque mi intención es venir con mucha frecuencia. Al menos hasta que la granja Mana esté funcionando como debería —añadió al ver su expresión asombrada.

No haría ningún daño hacer correr la noticia de que su intención era interesarse personalmente por la granja. Confiaba en Dave West, el nuevo director, pero él tomaría las decisiones importantes para el futuro de la granja. Sería un extra agradable que Elana Grange viviera en la puerta de al lado. Incluso ahora, a pesar de las ojeras y de las facciones afiladas por el cansancio, su sutil magnetismo le hacía hervir la sangre. Pero aunque estaba claro que era muy independiente, seguramente no entendería la clase de relaciones que él prefería. Así que no se dejaría llevar.

—¿Por qué me miras sorprendida? —quiso saber.

—Supongo que... bueno, pensé que serías un dueño ausente —admitió ella—. Debes tener una vida muy ocupada.

Niko se encogió de hombros.

—¿Necesitas algo más aparte del té?

—Gracias, pero esto me está haciendo efecto. Tenías razón, ya me siento mejor —Elana disimuló un bostezo con la mano–. Lo siento, creo que es hora de acostarme.

–Patty vendrá enseguida para mostrarte tu habitación –dijo él–. Si necesitas cualquier cosa pídeselo a ella.

Como era de esperar, la encargada de la casa apareció casi al instante, y tras despedirse de Niko, la señora West la guio escaleras arriba hacia un dormitorio elegante pero nada ostentoso. La señora West le ofreció un camisón.

–Es mío, así que le quedará grande, pero la tapará. El baño de este dormitorio todavía no funciona, pero hay uno en el pasillo dos puertas a la izquierda. Le he dejado allí un neceser y unas toallas. Buenas noches y que duerma bien.

Elana fue el baño, empleó sus últimas fuerzas en lavarse la cara y los dientes, se puso el enorme camisón y se metió en la cama, agradecida de que la inconsciencia se apoderara de ella.

Pero con el sueño llegaron las pesadillas, las mismas que la habían torturado después del accidente. Incapaz de evitarlas, volvió a revivir el horror de ver el enorme camión dirigirse hacia ellos, el grito de su madre atajado por el momento del impacto, el dolor afortunadamente disminuido por la oscuridad. Y luego, gracias a Dios, se despertó. Se puso de pie sollozando, el corazón le latía con tanta fuerza en el pecho que pensó que se le iba a salir. Encendió la lamparita de la mesilla de noche y aspiró con fuerza el aire un par de veces antes de darse cuenta de que necesitaba ir al cuarto de baño.

–Dos puertas más allá –murmuró arrebujándose el enorme camisón.

La luz del pasillo era muy tenue, pero pudo encontrar con facilidad la puerta del baño. Fue hasta allí de puntillas y entonces escuchó un ruido a su espalda. Apretó el paso y rezó para que fuera la señora West.

–Elana.

No tuvo tanta suerte. La voz pertenecía a Niko Radcliffe. Se llevó la mano al ancho cuello del camisón y se giró. Niko se cernía en la semioscuridad, alto, grande, demasiado cerca y mostrando demasiado su cuerpo. Al principio pensó que estaba desnudo y dio un paso atrás mientras miraba los hombros bronceados y el musculoso pecho que tenía un leve rastro de vello oscuro. Sintió cierto alivio al darse cuenta de que llevaba puestos los pantalones de pijama.

–¿Qué...? –jadeó Elana.

Niko avanzó dos pasos hacia ella y se detuvo al ver que reculaba.

–¿Estás despierta? –le preguntó frunciendo el ceño.

–Por supuesto que sí –Elana se pasó la lengua por los labios secos–. Tenía que ir al baño.

–Estás temblando. Espero que no tengas miedo de mí.

–Por supuesto que no –ella se dio cuenta de que tenía la voz temblorosa–. Estoy bien. Yo...

Se detuvo y sacudió la cabeza, aspirando una vez más el aire con fuerza.

–Lo siento –susurró.

Niko esperó unos segundos antes de preguntarle con tono amable:

–¿Puedes andar?

–Sí –pero cuando dio un paso las piernas le fallaron. Mortificada, se apoyó contra el muro y cerró los ojos para evitar que las paredes dejaran de girar.

—Te llevo en brazos.

Y antes de que Elana pudiera protestar se vio envuelta en su calor y su fuerza, en su sutil y potente aroma a hombre confortándola y al mismo tiempo estimulándola. Tuvo que resistir el impulso de apoyar la cabeza en su hombro.

—Peso mucho —dijo cuando la levantó.

—No. Quédate quieta y te llevaré a la cama.

Ella obedeció sin palabras. Cuando Niko se incorporó tras dejarla en la cama, Elana se estremeció. De pronto se sentía fría y abandonada. La luz de la mesilla destacaba la fuerte estructura ósea del rostro de Niko, y una inesperada sensación se apoderó de ella, una especie de urgencia, de deseo... algo en la mirada del conde hizo que se diera cuenta de que se le había bajado el cuello del camisón, revelando parte de sus senos. Se puso roja y se subió la tela, agradecida al ver que Niko la tapaba rápidamente con el edredón.

—Te voy a traer algo de beber —dijo él con expresión neutra.

—Que no sea whisky —Elana consiguió esbozar una débil sonrisa.

Él le devolvió una sonrisa que encendió todas las células de su cuerpo.

—No, whisky no.

Elana le vio salir de la habitación, aspiró con fuerza el aire y se apoyó contra las almohadas, subiendo el edredón para cubrirse el pecho. Qué estupidez por su parte haber estado a punto de desmayarse como una dama victoriana al ver a un hombre en pijama...

Niko regresó casi al instante con un vaso de agua en la mano. Elana estaba recostada sobre el cabecero, con el cabello cayéndole como una nube de seda dorada y rosa sobre los hombros. Niko suspiró al recordar los pechos de marfil cubiertos por la tela que abrazaba cada curva, su aroma sutil y el calor de su cuerpo contra el suyo. Era una tentación para todos sus sentidos.

Entonces vio las lágrimas brillando bajo las pestañas de Elana. No estaba en condiciones para nada que no fuera un consuelo carente de sexo.

–Toma, bebe esto.

Elena estiró el brazo y se le bajó el edredón. Sonrojándose, lo agarró y se lo colocó hasta los hombros. Niko, que había echado un sorbito de brandy en el agua, le puso el vaso en la mano. Se dio cuenta de que seguía temblando y se puso tensa. Si estuviera sola tendría que lidiar solo con sus pesadillas, pero ahora además se enfrentaba a aquella extraña respuesta de su cuerpo.

Bajó la cabeza y empezó a beber, rezando para que el calor y el sonrojo desaparecieran de su rostro y de sus hombros. «Vete, por el amor de Dios, déjame sola». Pero Niko se quedó hasta que apuró la última gota.

–Gracias –esperaba que no se le notara cuánto le costaba controlar la voz–. Has sido muy amable. Ya estoy bien.

Niko la miró fijamente y luego asintió.

–Muy bien. Hasta mañana entonces.

Una vez que la puerta se cerró tras él, Elana trató de relajarse y de soltar la tensión de los músculos, pero no lo consiguió. Miró el reloj y se dio cuenta de que solo le quedaban un par de horas de sueño, y eso no sería suficiente para calmar el feroz cansancio que la poseía. Pero había desaparecido, reemplazado ahora por una explosión de energía. Se volvió a apoyar contra las almohadas, cerró los ojos y trató de concentrarse en calmar la tensión con el mecanismo de defensa que había desarrollado cuando era niña y trataba de bloquear el sonido del llanto de su madre.

Pero unos recuerdos inquietantes se abrieron camino. No era el dolor de la infancia ni los fantasmas de la pesadilla, sino el momento en que su anfitrión la miró en la cama y vio el deseo reflejado en sus ojos azules. Alarmada, Elana trató de controlar la respuesta de su propio cuerpo. Niko Radcliffe no solo era un hombre guapo: proyectaba una virilidad que la incomodaba y al mismo tiempo la excitaba.

Su padre también era aquel tipo de hombre, pero su sofisticación era una cobertura para la violencia. Tres años atrás, Elana se enamoró y descubrió que estaba siguiendo el patrón familiar. Tras los párpados cerrados vio el rostro de su madre, escuchó su voz consolándola tras la amarga ruptura.

–Me alegro mucho de que hayas tenido el valor de dejar a Roland –le había dicho–. Yo fui una cobarde. Me llevó mucho más tiempo darme cuenta de lo que tu padre me estaba haciendo. Era la chica más feliz del mundo cuando me casé con él. Creía que él me amaba, y sin duda yo lo amaba a él.

Los ojos de su madre se llenaron de lágrimas.

—Pero lo que sentía por mí no era amor, sino posesión, una necesidad acuciante de control —vaciló un instante—. Y cuando utilizaba la fuerza para obtener ese control, yo sentía que era culpa mía que me pegara, no suya.

—Yo me prometí que nunca cometería el mismo error —le había asegurado Elana—. Y al menos Roland nunca me pegó. Pero, ¿cómo puedes distinguir la diferencia entre amor y posesión a tiempo, antes de que sea demasiado tarde, antes de enamorarte?

Su madre torció el gesto.

—Ay, cariño, te daría una lista de reglas si pudiera. Pero cuando dejé a tu padre y encontré a Steve, me di cuenta de que lo que consideraba amor en realidad era deseo. Me sentía halagada de que tu padre me deseara aunque él y yo no tuviéramos nada en común.

Elana giró la cabeza en la almohada y cerró los ojos. Tenía las palabras de su madre grabadas en el cerebro.

—El deseo por sí solo no es suficiente. Tenéis que ser amigos también. Cuando te enamoras de un hombre que te excita, si no puedes pensar en él como un amigo entonces no es amor. Es solo deseo, y eso es peligroso.

Su madre había escogido a su mejor amigo como segundo marido, y todos habían sido muy felices. Steve no era perfecto, pero era un hombre alegre y chapucero, adoraba a su madre y no lo ocultaba, y recibió los recelos infantiles de Elana con ternura y comprensión hasta que ella también aprendió a quererle, a sentirse segura con él.

Elana parpadeó y abrió los ojos. La luz de la luna se filtraba a través de una estrecha apertura en las cortinas, y podía escuchar el suave susurro de las olas. Su madre se equivocó al decir que no podía darle una lista de reglas.

Un hombre al que no podías llamar amigo... Niko Radcliffe era peligroso. No podía imaginárselo siendo simplemente amigo de una mujer. La atracción que Elana sentía hacia él nunca podría ser otra cosa más que una reacción sexual incandescente. Y más le valía no olvidarlo.

Llamaron con suavidad a la puerta y eso la despertó. Parpadeó al sentir la luz del sol filtrándose a través de las cortinas de la ventana, y durante un segundo se preguntó dónde estaba.

–¿Elana, puedo pasar? –preguntó la señora West.

–Sí, por supuesto –la puerta se abrió.

–Pensé que sería mejor despertarte ahora o no podrás dormir nada esta noche –dijo la mujer acercándose a la cama con una bolsa de plástico en la mano.

–¿Qué hora es?

–Las once en punto.

–Dios mío –dijo Elana en un hilo de voz–. Nunca me había despertado tan tarde en mi vida.

–Está claro que necesitabas descansar –la señora West sonrió con cautela–. Lo siento, pero he entrado en tu casa. El jefe me lo sugirió, así que entré sigilosamente esta mañana y saqué la llave del bolso, luego fui a tu casa y recogí una muda para ti. Espero que no te importe –dijo tendiéndole la bolsa y la llave.

Sorprendida durante un instante, Elana respondió con auténtica gratitud.

–En absoluto. Muchas gracias.

–El jefe está ahora mismo en la granja, pero me pidió que te dijera que te llevará a casa cuando quieras –la señora West sacudió la cabeza–. Es un buen jefe. Duro pero muy justo. Mi marido y yo estamos encantados de trabajar aquí.

Media hora más tarde, duchada y vestida con ropa limpia, Elana se dirigió a la salita y se sentó en una butaca grande. La señora West había elegido bien: los vaqueros, la camiseta y ropa interior limpia le dieron fuerza. Hasta que escuchó el ruido de un coche acercándose y volvió a sentirse nerviosa. Puso la espalda recta, se levantó y se dirigió hacia la ventana para mirar lo que una vez fue el camino hacia la playa. Aunque la casa había recuperado casi completamente su antiguo esplendor, el jardín seguía descuidado, era una jungla de arbustos descuidados, árboles y un césped mal cortado.

La marea estaba alta, y el sol había convertido el estuario en una sábana dorada. Normalmente la vista le habría elevado el ánimo, pero cuando escuchó su nombre a la espalda dio un respingo y se giró llevándose la mano al pecho.

–Lo siento, no sabía que estabas tan... cerca –le dijo a Niko–. Normalmente no soy tan neurótica. Gracias por todo lo que has hecho por mí –le miró y consiguió esbozar una sonrisa–. Pero si no es mucho problema me gustaría volver a casa.

–La señora West nos está preparando algo de comer. Debes tener hambre.

Como en respuesta, el estómago le rugió.

–Está claro que sí –admitió con tono algo seco.

Niko sonrió con una mezcla de comprensión y sentido del humor que le provocó un escalofrío de emoción por todo el cuerpo. Elana tuvo de pronto un visión clara y aterradora de la incapacidad de su madre para resistirse a su padre.

–Pues ven a comer –sugirió Niko interrumpiendo sus pensamientos y ofreciéndole el brazo.

Elana lo aceptó y fue consciente del escalofrío que la recorrió al notar la dura flexión de sus músculos bajo los dedos mientras avanzaban por el pasillo.

La señora West había preparado la mesa en una terraza con vistas al mar. Los rayos del sol se abrían paso a través del espeso follaje y se reflejaban en los azulejos.

–Oh –Elana se detuvo y miró a su alrededor–. Esto es precioso.

Su anfitrión retiró una silla para que ella se sentara.

–Estoy buscando un buen paisajista para el jardín, ¿conoces a alguien?

–No, lo siento –Elana tomó asiento–. No creo que haya ninguno en Waipuna.

Niko rodeó la mesa y se sentó al otro lado.

–Debiste ser una niña encantadora con ese pelo tan increíble.

Asombrada por el repentino cambio de tema y por el escalofrío que le subió el calor a las mejillas, Elana intentó responder con naturalidad.

–Al parecer es una herencia de mi abuela. Mi madre era completamente rubia.

–La genética es muy interesante –Niko miró a su alrededor, hacia el follaje salvaje que rodeaba el césped demasiado alto–. Me dijeron que este jardín fue una vez maravilloso.

–Ahora también tiene una belleza salvaje –comentó ella.

Media hora más tarde, Elana estaba sentada frente a una taza vacía de café negro y miraba al otro lado de la mesa. El estómago le dio un vuelco al ver cómo un rayo de sol capturaba el rostro de Niko, marcando sus facciones en oro. Algo dentro de ella, algo salvaje e incontrolable se convirtió en fuego y calor. Tuvo que aspirar el aire antes de hablar.

–Gracias, esto era justo lo que necesitaba. Le daré las gracias a la señora West y luego tengo que volver a casa.

Niko se puso de pie.

–Por supuesto, yo te llevo.

Estaba claro que ella no tenía nada que decir al respecto. Tal vez a algunas mujeres les resultaran intrigantes los machos dominantes, pero había una diferencia entre dominar y mandar. Y se dio cuenta de que Niko Radcliffe se acercaba demasiado a mandar. Como su padre. Y Roland...

Pero daba igual. Cuando volviera a casa seguramente no volvería a ver a Niko.

–Gracias –dijo con tono pausado.

Cinco minutos más tarde, tras darle las gracias a la señora West por su ayuda, Elana entró en el coche con la ropa de la noche anterior guardada en una bolsa de plástico. Niko la miró de reojo y se dio cuenta de que había recuperado gran parte del color en su piel de marfil. Aparte de un poco cansada, parecía en buena

forma. Mantuvo la conversación en un tono impersonal hablando del distrito y de algunas familias que
vivían en las granjas de toda la península. Cuando se
acercaron a la entrada de Mana, Niko le preguntó:

–¿Eres descendiente de las familias pioneras de aquí?

–Para nada. Primero vinimos de vacaciones a la
cabaña de una amiga –Elana sonrió–. Creo que en el
sur las llamáis chozas.

–Creo que sí –respondió él–. Yo nunca me he con-
siderado del sur, ni siquiera neozelandés.

Ella lo miró con asombro y luego asintió.

–Es comprensible. Pero al tener la doble naciona-
lidad, tienes dos países a los que llamar tu hogar.

Niko se dio cuenta sorprendido de que no llamaba
hogar a ningún sitio. Aunque su madre le había llevado de vuelta al palacio de su abuelo, aquel lugar
enorme forrado de dorado y púrpura no había sido un
hogar para él. Y lo mismo le ocurrió con los interna-
dos y las universidades a las que fue. Su abuelo y su
tío, el príncipe heredero de San Mari, siempre estaban
ocupados con asuntos de Estado. Y aunque le gustaba
estar con ellos, las vacaciones pasadas en la vieja casa
de piedra en la granja ovejera de su padre habían sido
suficientes para que echara raíces. Tal vez por eso
había comprado la granja Mana. ¿Para tener un hogar? Desechó la idea.

–Así que tus padres se enamoraron de este lugar
–dijo.

Un rayo de sol convirtió el cabello de Elana en una
aureola mientras asentía.

–Exactamente. Les gustaba tanto que Steve, mi
padrastro, consiguió un trabajo en Waipuna y compra-

ron la cabaña. En aquel entonces solo tenía una cocina primitiva y una ducha fuera. Mi madre y él la transformaron en una casa de verdad.

Alertado por el tono reservado de sus palabras, Niko volvió a mirarla. Tenía los labios apretados, como si hablar del pasado le hiciera daño. O la enfadara. ¿Sus padres se habían divorciado? Diablos, Niko entendía cómo se sentía. El fin de un matrimonio, ya fuera por un divorcio o un fallecimiento, era muy traumático para los niños. Él recordaba su propia confusión y angustia cuando su madre se lo llevó a San Mari. Echaba mucho de menos a su padre. Y todavía se arrepentía de no haber sido capaz de forjar una buena relación con él antes de su muerte.

Elana dijo a su lado:

–Es la siguiente entrada a la izquierda. Puedes dejarme aquí, la casa no está muy lejos.

–Te llevaré hasta la puerta –afirmó él con calma.

Unos cien metros después, tras recorrer un estrecho camino rodeado de árboles kanuka, aparecieron la casa y un garaje independiente. Cuando se detuvieron, Niko se dio cuenta de que la casa debía ser apenas más grande que un invernadero antes de que el padrastro de Elana la reformara. Las construcciones estaban anidadas en medio de un jardín lleno de flores que terminaba en un acantilado bajo. Los árboles pohutukawa formaban un pequeño borde verde que llegaba hasta Anchor Bay, con su curva ámbar mirando hacia el mar.

Niko salió del coche y miró a su alrededor. El jardín, natural y un poco desordenado, estaba lleno de abejas y flores brillantes. Al dar la vuelta al vehículo,

tuvo una excelente vista de las largas y elegantes piernas de Elana cuando salió del coche. Un deseo salvaje
se apoderó de él y le aceleró el corazón, enviando un
mensaje instantáneo a todas las células de su cuerpo.

«Maldición», pensó molesto por su falta de control. No había tenido una respuesta tan depredadora
desde la adolescencia. Se inclinó para cerrar la puerta
mientras Elana se dirigía hacia la casa. Cuando se
incorporó, ella se giró y le tendió la mano, mirándolo
a los ojos.

–Gracias por toda tu ayuda y tu apoyo.

A Niko le resultó demasiado formal.

–No ha sido nada –murmuró él estrechándole la
mano–. Espero que el accidente no te haya afectado
demasiado.

Elana mantuvo la mirada, pero le pareció que había palidecido un poco. Niko se sintió mal y moderó
un poco el tono.

–Si necesitas algo dímelo.

–Gracias –respondió ella educadamente, dejando
claro por el tono que no pensaba hacer nada semejante.

Por alguna extraña razón, aquella negación no ex-
presada le exasperó tanto como la fría sonrisa que le
dedicó antes de darse la vuelta y entrar en la casa.
Niko esperó a que cerrara la puerta de entrada y luego
volvió al coche y arrancó el motor. Aplazó cualquier
especulación respecto a su inesperada y turbadora
reacción a ella hasta que llegó a la granja Mana. Una
vez allí, en lugar de ir a la casa se dirigió al prado y se
detuvo frente a la orilla baja que rodeaba la playa.

Elana Grange era justo el tipo de mujer con el que
había prometido que no volvería a involucrarse... jo-

ven y poco sofisticada. Frunció el ceño y se dijo que ya había pasado la etapa de querer acostarse con todas las mujeres que encontrara sexys. Hasta que vio a Elana en el baile había conseguido mantener a raya sus emociones. Aquella reacción irresponsable y no deseada había sido una reacción química, no emocional, se dijo. Y pasaría. Mientras estuviera en Mana sería un buen vecino para ella y nada más.

Se dio la vuelta y observó la casa. La arquitectura original combinaba elementos de la serenidad georgiana con las barandas y terrazas más informales típicas de una plantación tropical. Sin embargo, años de torpes reformas habían acabado con las líneas limpias y simples. Según el arquitecto que había examinado la casa, se necesitaría más tiempo y dinero para devolverla a su estado original del que supondría tirarla abajo y construir una nueva en su lugar.

El sentido común le decía a Niko que hiciera justo eso. Aunque tenía pensado vigilar de cerca la granja Mana, su intención no era vivir allí de modo permanente, y aunque lo hiciera, lo último que necesitaba era una mansión grande y antiguada construida para una familia victoriana. Una moderna casa de playa sería el reemplazo más sensato.

Pero haber crecido en un palacio de trescientos años de antigüedad y en un país donde la tradición era una parte importante de la vida le llevó a restaurar la mansión. Ahora haría lo mismo con el jardín. Elana había dicho que una vez fue precioso. Y con el tiempo volvería a serlo.

Capítulo 4

TIENES alguna idea de cuáles son los planes de Niko Radcliffe para la granja Mana ahora que está completamente reformada? –preguntó la señora Nixon.

Elana disimuló una sonrisa mientras colocaba un lazo alrededor de un ramillete. Esperaba aquello. La señora Nixon no podía considerarse una cotilla redomada, pero le gustaba saber lo que ocurría en el distrito. Desafortunadamente para ella, la única noche que había pasado en la granja Mana una semana atrás no le confería a Elana línea directa con los planes de Niko Radcliffe.

–No tengo ni idea –aseguró con tono alegre.

–Entonces, ¿es igual que antes, como ese grabado antiguo que hay en la biblioteca?

Aquel grabado era un dibujo encantador que al parecer fue hecho por la primera mujer que vivió en la granja de Mana.

–Por lo que recuerdo, es exactamente igual –respondió Elana poniendo una etiqueta en el ramillete.

–Tal vez tenga pensado venderla. O convertirla en un hotel.

–Supongo que es una posibilidad –respondió Elana–. Sería un sitio fabuloso.

–Sí, y además no parece que él vaya a pasar mucho tiempo allí. A lo mejor nada.

Elana le tendió el ramo que acababa de preparar.

–Aquí tienes.

–Gracias, querida –mientras Elana se cobraba de su tarjeta de crédito, la señora Nixon se inclinó hacia delante y dijo en voz baja–, ayer me llamó Margot Percy. Greg no quería jubilarse, pero al parecer todos sus años al frente de Mana no le sirvieron de nada cuando se presentó al puesto. Margot dice que está deprimido porque al parecer todos los empleados quieren a alguien más joven y activo.

–¿De veras? –preguntó Elana sorprendida–. Sé que presentó la dimisión cuando Niko Radcliffe compró la propiedad, pero supuse que tendría otro lugar al que ir.

–Yo también. Pero Margot me dijo algo que no debes contarle a nadie –la señora Nixon bajó todavía más la voz–. Al parecer el conde echó a Greg. Habló con él solo un instante y le despidió –la mujer aspiró con fuerza el aire–. Lo siento mucho por él. Greg tiene cincuenta y muchos años y la cosa no pinta bien para ellos.

Elena se sintió mal. Se había permitido a sí misma creer que Niko Radcliffe tenía un lado amable y sentimientos.

–¿Dónde están los Percy ahora?

–Viven en una cabaña muy agradable en la Costa Oeste, cerca de Dargaville. Al parecer Margot quiere buscar trabajo ahí –la señora Nixon suspiró–. Ah, casi se me olvida. Fran viene de camino de esa conferencia en América y pasará el próximo fin de semana con nosotros. Tienes que venir a cenar el sábado a casa.

–Me encantaría.

Pero cuando la otra mujer se marchó, Elana se quedó pensando por qué le afectaba tanto que Niko Radcliffe hubiera destruido sin que le importara la vida de un hombre... no, de una pareja. Se retiró a la sala de flores que había detrás del mostrador y le dijo a un cubo lleno de rosas:

–Porque ésa es la clase de hombre que es. Arrogante, inflexible... y despiadado.

Con ella había sido amable, aunque de un modo dictatorial. Sin duda tenía que saber que la situación de Mana no había sido culpa del señor Percy.

–Obviamente no –dijo en voz alta torciendo el gesto.

Cualquiera que entrara en la tienda y la viera hablar sola pensaría que estaba loca. Así que tenía que dejar de pensar en el conde Niko Radcliffe y seguir adelante con su vida. No significaba nada para ella. Nada... aunque para su vergüenza, había soñado con él varias veces desde que la llevó a su casa. Se despertaba de cada sueño con una extraña sensación de pérdida. El sentido común la advertía de que fuera sensata. Dejarse llevar por románticas fantasías sería lo más estúpido que podría hacer. Había prometido no volver a permitir que un hombre como su padre entrara en su vida. Aunque no pudiera mandar sobre sus sueños, podría borrar a Niko de su mente mientras estuviera despierta.

El sábado por la tarde Fran fue a verla para ponerse al día antes de la cena de los Nixon.

–Por supuesto, no puedo hacerte todas las preguntas que quiero con mis padres delante –le dijo la joven mientras estaban fuera tomando un café.

El sol calentaba los ladrillos de la terraza que Steve había construido para recibir el sol de la tarde, que brillaban por encima del estuario. Fran suspiró.

–A veces sueño con esto cuando estoy lejos y me pregunto por qué me fui de Waipuna. Y ahora háblame del conde, como mamá insiste en llamarlo.

Fran escuchó atentamente mientras Elana le resumía el accidente y la noche que había pasado en Mana.

–¿Y qué te parece él?

Elana vaciló. Pero Fran era una de las pocas personas que estaba al tanto de los abusos que su madre y ella habían sufrido hasta que escaparon.

–Es un macho alfa, así que no me cae especialmente bien.

–No todos los alfa son violentos como tu padre.

–Eso es lo que me dice la lógica –admitió Elana–. ¿Te ha contado tu madre que despidió a Greg Percy?

–Sí –Fran se encogió de hombros–. Es duro. Pero actualmente no puedes despedir a un trabajador sin motivos. Seguramente el señor Percy no esté capacitado para llevar a cabo los planes que Niko Radcliffe tiene para Mana. En cualquier caso, no veo a Radcliffe viviendo aquí, está demasiado aislado. Su empresa está construyendo actualmente un nuevo helipuerto en Auckland.

–¿Cómo lo sabes?

–Porque leo los periódicos –aseguró Fran con tono alegre–. Ha gastado mucho dinero restaurando la casa, así que lo más lógico es que la convierta en hotel –la joven terminó el café y sonrió–. Y por supuesto, tú estarás a cargo de la decoración floral.

–No me creeré la historia del hotel hasta que tenga pruebas –respondió Elana riéndose–. Espero que el nuevo director que ha elegido Niko Radcliffe no reciba el mismo trato que el pobre señor Percy. Su mujer, la señora West, es la encargada de la casa y es encantadora.

Fran se encogió de hombros.

–De hecho Radcliffe tiene una buena reputación como jefe. Nada de trabajadores emigrantes en barracas y esclavizados para que él gane más millones.

Extrañamente aliviada, Elana apuró su taza de café y la dejó sobre la mesa.

–¿De veras? Bueno, pues eso le ha hecho subir algunos puntos para mí.

–No tienes buena opinión de los hombres, ¿verdad? No te culpo –miró a Elana con simpatía–. Tu padre era un hombre horrible, y luego tuviste la mala suerte de enamorarte de Roland. Al menos pudiste escapar de esa situación bastante ilesa.

–Y aprendí la lección –afirmó Elana con tirantez.

–¿Recuerdas bien a tu padre?

¿Recordarle? Ah, claro que sí. Voz áspera, gritos. Seguidos de la angustia terrible de escuchar a su madre sollozar. Nunca pegó a su madre con ella delante, pero aunque fuera pequeña sabía lo que estaba haciendo y le tenía pavor. Su huida también estuvo llena de miedo a que su padre las encontrara. Y lo hizo.

–Sí, lo recuerdo –murmuró Elana en voz baja.

Fran le tomó la mano durante un instante.

–Creo que dentro de ti todavía hay una niña aterrorizada por su padre. Comprensible, por supuesto. Nunca fuiste a terapia, ¿verdad?

–No, pero vi cómo era Steve con mi madre. A veces ella se quejaba de que era descuidado, pero nos hizo muy felices a las dos. Me enseñó a confiar en él.

–Bien –dijo su amiga–. Pero, ¿te enseñó a confiar en otro hombre?

Elana la miró fijamente.

–¿Qué quieres decir?

–Tal vez aprendieras a confiar en Steve, pero ¿se ha extendido esa confianza a más hombres? Tu padre no era normal, la mayoría de los hombres no son unos tiranos brutales como él.

–Eso ya lo sé.

–Sí, pero ¿te has preguntado alguna vez si no acercas demasiado a nadie por temor a que se conviertan en monstruos como tu padre?

Elana abrió la boca para protestar y luego la cerró. ¿Y si Fran tenía razón? Su madre le dijo una vez que su padre parecía completamente normal antes de casarse... de hecho le gustaba que se preocupara por ella.

–No, no me lo he preguntado.

–Bueno, pues tal vez deberías hacerlo –le aconsejó su amiga–. ¿Crees que serás capaz alguna vez de confiar lo suficiente en un hombre para permitir que se acerque de verdad a ti?

–Estoy bien, Fran –Elana miró a su mejor amiga con una mezcla de desesperación y ternura.

–Bueno, la atracción física es una parte importante de enamorarse, pero no la única. Solo tengo veinticuatro años, igual que tú, y no soy ninguna santa –Fran se inclinó hacia delante y tocó el brazo de Elana–. Sé que puedes tener una buena vida sin casarte ni enamorarte, pero... bueno, sería una cobardía permitir que la experiencia de tu madre oscurezca tu propia vida. Cuando conozcas al siguiente hombre que te acelere el corazón, creo que deberías al menos conocerle.

Elana vaciló y luego se encogió de hombros.

–De acuerdo, lo intentaré. Pero no esperes milagros.

Fran retiró la mano de su brazo y consultó el reloj.

–Será mejor que me vaya. Tengo que ir a hacer la compra para la cena de esta noche.

Cuando se despidió de su amiga, Elana miró alrededor de la cabaña que Steve y su madre habían transformado en hogar. Se acercó a la terraza y miró hacia el estuario, cuya superficie lisa brillaba bajo el sol. ¿Veía de forma inconsciente a todos los hombres como amenazas? En ese caso no era de extrañar que las pocas ocasiones en la que había tenido relaciones sexuales con Roland no hubiera disfrutado. Elana pensaba que su falta de pasión se debía a una frialdad inherente. Y entendía que la mayoría de los hombres eran como su padrastro: amables, prácticos y capazas de hacer felices a la mujer adecuada como su madre lo fue en su segundo matrimonio. Así que según su experiencia pasada, y una vez que Niko Radcliffe estuviera a salvo en el otro lado del mundo, seguramente no tendría que controlar el ritmo de su corazón en busca de algún arrebato traicionero.

Capítulo 5

ELANA se estremeció al escuchar la alarma de la estación de incendios. Miró por la ventana de la tienda hacia la calle. Había llovido durante la noche, así que seguramente no sería un incendio forestal. ¿Un accidente de coche? Ojalá no fuera un incendio en una casa... lo que le recordó que tenía que ponerse en contacto con el banco. Tras escuchar un ruido sospechoso en el tejado un par de días atrás, llamó a un experto de la localidad que se lo arregló y le advirtió que pronto tendría que cambiar todo el tejado.

–¿Cuánto va a costar?

La suma que le dijo el experto todavía la hacía temblar. Tendría que pedir prestado el dinero. Y para colmo de males, aquella mañana la señora Nixon le contó con expresión preocupada que había oído que un forastero estaba pensando en poner una floristería en Waipuna.

–Sería una tontería –le dijo–. Waipuna no es tan grande como para dos floristerías.

No, no lo era. Tener competencia significaría que Rosalie, la dueña de la tienda, podría rebajar costes. Y eso supondría casi sin lugar a dudas que Elana perdería su trabajo.

Frunció el ceño y volvió a mirar el libro de pedidos. Sí, el cliente había especificado que quería lirios peruanos para el ramo de su nuera. Deseando fervientemente que le gustara el color, Elana fue a la parte de atrás para hacer el ramo, pero fue inmediatamente interrumpida al escuchar el timbre de la tienda. Salió con una sonrisa empastada y sufrió una explosión de latidos del corazón cuando su mirada asombrada se cruzó con unos ojos azul hielo colocados en un rostro bello y duro. La sonrisa se le quedó congelada en los labios.

Niko alzó sus oscuras cejas.

–Hola, Elana –dijo con tono suave–. No pongas esa cara de asombro. Si no recuerdo mal, dije que tenía pensado visitar Mana con mucha frecuencia.

–Me alegro de verte –dijo ella con la boca repentinamente seca–. Voy a poner estas flores en agua.

Lo que le dio unos diez segundos para escapar de aquella mirada desafiante y controlar la lluvia de impresiones que estaba registrando su cerebro. En el par de semanas que había estado fuera, la impresionante y controlada autoridad de Niko Radcliffe parecía haberse fortalecido. Y el estúpido corazón de Elana se estaba volviendo loco dentro de su pecho.

Todo, el sol fuera en la calle, el perfume de las flores de la tienda, el azul frío de los ojos de Niko Radcliffe, la curva irónica de su boca pecadora... todo era como si de pronto cantara, los colores eran más vívidos, como un ataque glorioso a los sentidos. Algo dulce y salvaje prendió dentro de ella, todos los músculos se le tensaron con una punzada de anticipación. Colocó los lirios otra vez en el jarrón, aspiró con fuerza el aire y volvió a salir.

–Quisiera enviar unas flores a Inglaterra –dijo Niko.

Elana agarró el bolígrafo, encontró la hoja de pedido y lo miró, pero antes de que pudiera preguntarle por los detalles, Niko le entregó un trozo de papel.

–Todo lo que necesitas estás aquí.

Así era. No se trataba de ninguna bella actriz ni de una princesa. Las flores eran para lady Sophia de apellido compuesto que vivía en una mansión en algún punto de Inglaterra. «Así que cálmate», le advirtió a su agitado corazón. «Este latido es exagerado. No solo está muy lejos de tu alcance, sino que además está comprometido».

–¿Alguna fecha en concreto de entrega? –le preguntó.

–No.

Niko sabía que Sophia reconocería las flores por lo que eran: una despedida civilizada después de que él hubiera puesto fin a su aventura. Elana alzó la vista para mirarlo con expresión en guardia.

–Haré que las envíen enseguida.

Por alguna razón, su tono le exasperó. La única vez que la había visto sin aquella armadura de protección fue cuando se encontraron en el pasillo de Mana después del accidente. No venía al caso, pero la imagen de sus ojos verdes y dorados con ojeras y sus sinuosas curvas bajo el enorme camisón apareció en su mente. Como le sucedía con demasiada frecuencia desde la última vez que vio a Elana Grange...

Ignoró el recuerdo y le tendió la tarjeta de crédito, obligándose a sí mismo a centrarse en sus manos mientras ella la pasaba. Eran finas y hábiles, las uñas cortas y limpias.

–Antes de irme de Waipuna, la señora Nixon me contó que tú escribiste la publicación del centenario de Waipuna –dijo por hablar de algo.

–Sí –murmuró ella como si estuviera confesando un delito menor.

–Y que también escribes artículos para la revista de Historia. Así que seguramente te interese saber que he descubierto en el ático varias cajas llenas de lo que parecen ser documentos y periódicos antiguos. También hay cosas en lo que antes era el establo de Mana.

A Elana se le iluminó la cara.

–¿De verdad? Ojalá lo hubiera sabido cuando estaba escribiendo el libro del centenario.

–Le he echado un rápido vistazo a lo que estaba más a mano, la mayoría es de finales del siglo XIX. Hay diarios escritos por varios miembros de la familia que entonces vivía en la casa. Al parecer no tiraban nada.

–Oh, eso es increíble –jadeó Elana como si alguien acabara de descubrir un tesoro–. ¿Y qué tienes pensado hacer con todo ese material?

–Voy a contratar a alguien para que lo examine y lo catalogue. No sé lo que es importante y lo que no. Creo que tú sabes bastante de esto, ¿no?

–Yo... sí –reconoció Elana.

–Te estoy ofreciendo el trabajo.

Ella abrió los ojos de par en par, su brillo intensificado por las motas doradas de sus verdes profundidades. Era lo más seductor del planeta. Algo fiero dentro de Niko se puso tenso.

–Me llevará un tiempo –dijo ella en un tono que no

pretendía en absoluto seducir–. No puedo dejar mi trabajo.

–Tengo entendido que es a tiempo parcial.

–Ahora mismo es a tiempo completo. Rosalie, la dueña de la tienda, está en Australia en este momento.

–Supongo que no tendrá pensado quedarse allí, ¿no?

Aquello hizo sonreír a Elana.

–No, ha ido para estar en el nacimiento de su primer nieto. Volverá dentro de dos semanas si el bebé nace a tiempo.

Niko esperaba que accediera sin dudar. Según la señora Nixon, que todo lo sabía, los padres de Elana solo le habían dejado la casa, y su empleo a tiempo parcial en la tienda no podía estar muy bien pagado. Entonces, ¿por qué se resistía?

–La señora Nixon dice que eres muy competente, y después de leer la historia que escribiste, estoy de acuerdo con ella –continuó Niko–. También me gusta cómo escribes. Por supuesto, te pagaré por el trabajo.

Elana vaciló un instante y se le quedó la expresión congelada, como si algo se le hubiera ocurrido. Y ese algo la llevó a decidirse.

–No, me temo que ahora no es buen momento –hizo una vez más una pausa antes de seguir–, puedo darte el nombre de un amigo que vive de esto. Es muy bueno, y tiene mucha más experiencia que yo.

¿Qué clase de amigo era? Sorprendido por la intensidad de aquella reacción primitiva, Niko tiró de las riendas y dijo:

–Pero tú vives aquí y tienes unos conocimientos de base que ayudarían.

–Bueno, sí –reconoció Elana–. Pero...

–Y además, la señora Nixon es una gran defensora tuya. Me dijo que se te daba muy bien hacer entrevistas.

Elana sonrió.

–Eso no es ninguna recomendación. La señora Nixon tiene un amplio conocimiento del distrito, además de una memoria excelente –apretó ligeramente los labios antes de volver a su estado normal.

Los recuerdos de aquella boca le habían perseguido... tan femeninos y seductores, una boca hecha para los besos sensuales y las palabras apasionadas y dulces, labios que contrastaban de manera intrigante con la fuerza interior que percibía en ella, el modo en que mantenía sus emociones bajo un estricto control. En cierto modo podía culpar a aquellos labios de haberle enviado a Inglaterra para decirle a Sophia que su aventura había terminado.

El deseo se apoderó de su cuerpo, un ansia poderosa que se estaba convirtiendo en algo familiar. Ya había superado hacía mucho la pasión casi incontrolable de la adolescencia, así que aunque el rechazo de Elana a su propuesta resultaba irritante, no debería importarle demasiado.

Y, sin embargo, incluso ahora se preguntaba qué haría falta para atravesar las barreras que percibía en ella.

¿Palabras dulces? ¿Lujo? ¿La promesa de la pasión? ¿O dinero?

Elana estaba librando una batalla silenciosa y quería que se marchara. ¿Por qué no accedía y le agradecía al destino aquella oportunidad? Necesitaba el dinero para reparar el tejado.

Y, además, sería un proyecto fascinante. Era una cobarde. ¡No, solo estaba siendo sensata!

Desconfiaba profundamente de la embriagadora oleada de sensaciones que atravesó cada célula de su cuerpo cuando Niko entró en la tienda. Todo en él le resultaba vívido, familiar, como si le hubiera llevado en su corazón desde la última vez que lo vio. Verle, aunque fuera poco, iba a provocar el caos en su paz mental. Pero seguramente no pasaría mucho tiempo en Nueva Zelanda.

Tras unos instantes tensos, y con el mismo cuidado que si estuviera dando un gran paso hacia un peligro desconocido, Elana dijo con voz pausada:

–No puedo darte una respuesta tan rápidamente. Estoy trabajando a tiempo completo aquí hasta que Rosalie vuelva.

Elana se armó de valor y le miró a los ojos tratando de contener la repentina punzada de deseo que se apoderó de ella.

–Piénsatelo –le pidió él con voz tranquila–. Te llamaré cuando regrese de Auckland dentro de un par de días y podrás darme una respuesta.

Ella le vio salir de la tienda con su imponente figura en vaqueros y camisa de cuadros. «¡Deja de estar obsesionada por ese hombre!».

Se dio la vuelta y se dirigió hacia la trastienda. Su traidor corazón seguía acelerado, y tenía miedo. Niko Radcliffe la afectaba de maneras tan diferentes que podría producirse un desastre.

La tarde siguiente, tras un día de lluvias y el descubrimiento de otra inquietante mancha en el techo,

Elana miró el correo, y para su disgusto descubrió que el banco no le prestaba el dinero para arreglar el tejado.

Intentó calmar los nervios viendo las noticias, pero fue peor. El desastre se fraguaba en forma de una tormenta que empezaba a crearse al norte, en las cálidas aguas ecuatoriales. Con la mirada clavada en el símbolo de remolino de la pantalla, Elana contuvo el aliento y confió en que se dirigiera a cualquiera de las islas dispersas por el mar tropical. Y que se mantuviera lejos de Nueva Zelanda.

Apagó la televisión y se dirigió a la ventana, entornando los ojos para protegerse del sol del oeste que brillaba en un cielo casi ausente de nubes e iluminaba el agua con un brillo plateado.

Ya no tenía opción. Tenía que aceptar el trabajo de organizar todos aquellos documentos. En cuanto lo confirmara con Niko Radcliffe llamaría al constructor.

Frunció el ceño. ¿Por qué se quejaba de que el destino la obligara a tomar una dirección que no quería? La oferta de Niko no podría haber llegado en mejor momento. Seguramente no conseguiría suficiente dinero para cambiar todo el tejado, pero confiaba en poder convencer al banco para que le concediera el crédito.

–¿Y si no quieren? –se preguntó en voz alta.

Si eso sucedía tendría que vender la casa. Se dio la vuelta y miró a su alrededor. Los muebles estaban viejos pero seguían teniendo encanto. Allí había aprendido cómo podía ser el amor entre un hombre y una mujer, había aprendido que un hombre podía ser tierno con los niños. Descubrió lo que era sentirse segura.

Se le formó un nudo en la garganta. Tragó saliva y cerró las cortinas. Si eso ocurría, sobreviviría. Cuando Niko se pusiera en contacto con ella le diría que se encargaría de catalogar los documentos. Después de todo, disfrutaría haciéndolo. Entonces, ¿por qué diablos tenía que comportarse como la reina del drama?

Por supervivencia, se dijo. Su instinto femenino le gritaba que cuanto más viera a Niko, más peligrosamente afectada se sentiría por él.

—Lo único que tengo que hacer es recordarme que su vida y la mía están en planetas diferentes —dijo en voz alta.

Antes de que le diera por cambiar de opinión, llamó al constructor. Diez minutos después colgó y suspiró aliviada. Podría hacer el trabajo dentro de unos días, y le dijo que no se preocupara por pagarla inmediatamente.

—No hay problema, Elana. Sé que lo harás. Siempre has sido una chica seria.

La vida en una comunidad pequeña tenía a veces sus inconvenientes, pero también había puntos buenos.

Aquella noche casi no durmió. Afortunadamente, a la mañana siguiente lucía el sol con la promesa de un cielo sin nubes. Se le subió el ánimo al inhalar el aroma a hierba fresca de la costa de camino a Waipuna. Tenía por delante un día muy ocupado, pero no le molestó ningún cliente durante al menos una hora, cuando sonó el timbre de la puerta de la tienda y ella salió.

Por supuesto, la persona que se encontró tenía que ser Niko Radcliffe, y su estúpido corazón volvió a perder el control una vez más.

—Ah, hola —dijo con tono neutro.

Los ojos de Niko la observaron de manera algo intimidante.

–¿Qué ocurre?

–Nada –aseguró ella echando los hombros hacia atrás y alzando la barbilla.

–Pareces cansada.

Elana ignoró el comentario.

–Voy a catalogar los documentos.

Niko alzó las cejas y apretó los labios.

–Siento ponerte en el duro trance de tener que tomar una decisión tan complicada –afirmó con sarcasmo.

–Estoy preocupada por el posible ciclón que puede formarse –dijo Elana con frialdad–. Las grandes tormentas causan estragos en las flores. La mayoría de las nuestras vienen de Auckland, que estará en peligro si el ciclón llega hasta el sur. Aunque a veces me pregunto si las autoridades no exageran la fuerza de las tormentas para que la gente no tiente a la suerte.

–Sí, pero a pesar de las advertencias eso es precisamente lo que hacen muchos –observó Niko.

Ese fue el caso de Steve. Su decisión de no ponerse el cinturón de seguridad le había matado.

Niko observó cómo se le endurecían las facciones y se preguntó por qué. Aunque parecía fijarse en él, estaba claro que no quería nada. ¿Desconfiaría solo de él o de los hombres en general? Tal vez salió muy dolida de una relación que resultó mal. ¿Y por qué encontraba a Elana Grange tan atractiva, tan intensamente deseable?

—¿Qué te ha hecho cambiar de opinión? —le preguntó abruptamente.

Elana no estaba dispuesta a reconocer la falta de dinero.

—Me rendí a la tentación —le dijo sin disimular el tono irónico—. ¿Quién sabe qué maravillas podría encontrar en esos documentos?

—Seguramente poco más que pequeñas y aburridas historias del día a día —observó Niko con cinismo—. Y ahora hablemos de dinero.

Y dijo una suma que la hizo parpadear.

—Eso es demasiado —aseguró.

—Para nada. Es el precio del mercado. Pero tendrás que compaginarlo con tus horas aquí, y eso significará trabajar el fin de semana. Por supuesto, eso te pagará como horas extra.

—Pero...

—Te sugiero que empieces invirtiendo un par de días para revisar los documentos y tomar notas —la interrumpió Niko—. Te veré mañana por la mañana.

—No, es sábado y la tienda no cierra hasta la una —murmuró ella.

Niko frunció el ceño.

—Entonces ven justo después de cerrar y te enseñaré dónde están la mayoría de los documentos.

Sonaba como una orden. Elana respondió con tirantez:

—Muy bien, señor Radcliffe. ¿O debería decir «sí, señor»?

La exasperación de Niko se mezcló con el sentido del humor. Se lo merecía.

–Ninguno de los dos. No pretendía sonar tan serio, y me llamo Niko.

Ella esbozó una media sonrisa.

–Muy bien, Niko. Estaré allí sobre las dos.

Cada vez que decía su nombre sonaba diferente en sus labios. ¿Cómo sonaría si la tuviera entre sus brazos? Dejó a un lado aquellos pensamientos y dijo:

–Te sugiero que inviertas un par de días en esta tarea... o más si es necesario –consultó el reloj–. Hasta mañana entonces.

Elana le vio darse la vuelta y salir de la tienda, aliviada al ser capaz de respirar otra vez. Pero apartó la mirada al verle detenerse fuera y saludar a una mujer que no conocía. Era muy elegante e iba demasiado bien vestida para Waipuna.

Sorprendida por aquel juicio de valor, Elana se dirigió a la trastienda. Nunca había conocido a un hombre con Niko Radcliffe y seguramente no volvería a conocer a ninguno así. Su potente magnetismo masculino le aceleraba el corazón, y lo que era peor, estaba empezando a invadir su mente, convirtiéndola en alguien que juzgaba con poca amabilidad a una mujer a la que no conocía.

Aquella noche el servicio meteorológico de la televisión habló del progreso del sistema en el norte. Todavía no era oficialmente un ciclón, pero ya había sembrado el caos en las islas tropicales que había cruzado.

Elana trató de centrarse en el libro que estaba leyendo, pero no consiguió captar su atención: cada vez que pasaba una página veía sin saber cómo la cara de Niko sobreimpresionada en el papel. Disgustada por su tontería, se rindió y se fue a la cama.

Al día siguiente, un cielo radiante y la ausencia de viento se mofaron del miedo al tiempo. Mientras cruzaba la parada para el ganado que había entre los muros de piedra, ahora tan prístinos como en sus mejores tiempos, Elana trató de calmar su acelerado corazón, pero empezó a latirle con fuerza cuando se detuvo al cruzar las puertas. Agarró el bolso del asiento del copiloto y abrió la puerta. Cuando se incorporó y se dio la vuelta, Niko se dirigía hacia ella. El sol le dibujaba flamas azules en el pelo negro. Vestido con una camisa tipo polo y vaqueros, se movía con una peligrosa ligereza que le provocó un escalofrío erótico por la espina dorsal. Confiando en que aquella respuesta involuntaria hubiera quedado bien oculta, Elana forzó una sonrisa y dijo con tono calmado:

–Buenas tardes.

–Buenas tardes, ¿te apetece tomar un café antes de que empecemos?

¿Empecemos? Sin duda no...

–No, gracias. Me pondré a trabajar –respondió ella con sequedad.

–Antes ve a echar un vistazo a lo que Patty West encontró en el ático esta mañana. Son acuarelas del jardín, probablemente pintadas por miembros de la familia. Y a juzgar por la ropa, yo diría que son de finales del siglo XIX.

La diferencia entre el anterior abandono y la elegancia que la recibió en la mansión volvió a pillar a Elana por sorpresa.

—Me alegro mucho de que le hayas devuelto la vida a este lugar —le dijo a su anfitrión.

Niko se encogió de hombros.

—El arquitecto, el decorador y los obreros han hecho un gran trabajo.

No era de extrañar. El cruel despido del anterior director de Mana demostraba que el conde Niko Radcliffe no tenía tiempo para la gente que no llegaba a sus expectativas.

Si creía que alguien no se ganaba el sueldo, sin duda le echaría con la misma brutalidad que al señor Percy.

—La casa está bien construida, y los muros son buenos. Lo único que hay que reemplazar es el tejado... y lo hará el mismo hombre que, según me ha dicho, reparará también el tuyo pronto.

Asombrada y un poco molesta, Elana solo pudo decir:

—Ah... sí.

—Vivir en un pueblo pequeño tiene muchas ventajas —admitió Niko con sonrisa irónica—, pero estarás de acuerdo conmigo en que la intimidad no es una de ellas.

Elana decidió cambiar de tema.

—¿Qué planes tienes para el jardín? Algunos árboles parecen bastante deteriorados. Espero que se puedan salvar todos.

—Ya he hablado con un jardinero y solo sacrificaré los que sean un peligro. Las acuarelas están en la terraza.

Niko las extendió sobre la mesa y se quedó al lado mientras Elana las observaba detenidamente con los ojos semicerrados para protegerse de la luz de la tarde reflejada en el agua del estuario.

–Son preciosas –observó el borde que el artista había delineado con cuidado–. Quien pintó esto estudió la vegetación minuciosamente.

–Si te encuentras más al revisar los documentos, he buscado a un experto en conservación. Mi asistente me ha dado una lista de contactos para ti.

Elana alzó la mirada y se encontró con unos ojos azules y fríos. Olvidó lo que iba a decir mientras una oleada de calor se apoderaba de ella, acelerándole la respiración.

–Gracias –dijo con un tono que le resultó extraño incluso a ella.

Allí en Mana, con Niko Radcliffe a su lado, se sentía de pronto abrumada por una intensa sensación de pertenencia, como si hubiera estado perdida y de pronto la encontraran, como si las partes divididas de su vida se unieran de pronto no como antes, sino formando un nuevo dibujo, haciéndola sentir completa de nuevo.

Como si en el pasado, mucho tiempo atrás, hubiera estado allí con aquel hombre a su lado mirando el jardín y el estuario... Se sentía peligrosa y extrañamente segura.

Asombrada, apartó la vista de sus ojos y se centró en las acuarelas. Por supuesto, no había ocurrido nada especial. Haciendo un esfuerzo por recuperar algo de sentido común, Elana se dijo a sí misma que aquellos momentos de pertenencia debían ser un flash o un *déjà vu*, esa sensación ocasional de revivir una experiencia olvidada o nunca vivida. En otras palabras, el cerebro le estaba jugando una mala pasada. Así que lo ignoró.

Niko la sobresaltó al preguntarle:

—¿Qué ha pasado? ¿Estás bien?

—Sí —Elana parpadeó y mantuvo la vista fija en las acuarelas—. Seguro que tienes cosas que hacer, si me dices dónde están las cuadras iré a echar un vistazo.

—Yo te llevaré —afirmó él.

Cuando Elana se mordió el labio inferior, Niko no pudo evitar preguntarse qué sentiría si ella le mordía alguna vez la piel... y todo su cuerpo respondió ante aquel errático pensamiento. Maldijo en silencio. Aquello era ridículo.

—Antes de ir a las cuadras, te enseñaré dónde vas a trabajar —sugirió.

Le había preparado un despacho en la mansión, una pequeña salita al lado de la terraza.

—Comprueba el equipamiento —le pidió—. Mi asistente personal dijo que necesitarías todo lo que hay ahí, pero echa un vistazo. Si necesitas cualquier otra cosa se te proporcionará.

Tras echar un rápido vistazo a la sala, Elana dijo:

—Tu asistente sabía exactamente lo que necesitaba.

—Sabe exactamente lo que todo el mundo necesita. En ciertos aspectos me recuerda a la señora Nixon.

Elana se rio, y Niko se sintió acogido por su risa. Era espontánea y fresca, casi traviesa. Aquel era un lado distinto de Elana, uno que no imaginaba. Hasta entonces había estado en guardia, manteniendo sus emociones bajo control. Su espontaneidad tocó una cierta parte de él, y de pronto se preguntó cómo sería como amante. ¿Se extendería aquella espontaneidad a sus caricias y a sus besos? Otra descarga de deseo potente. Niko frunció el ceño y miró por la ventana.

–¿Cómo quieres que te informe? –le preguntó Elana.

–No sé cuánto tiempo estaré fuera. Tengo que cerrar un trato en China. Mándame correos electrónicos periódicamente con tus progresos. No, mejor todavía, usaremos el programa de comunicación del ordenador para poder hablar. Y no tengas prisa, no me importa lo que tardes. Solo quiero que hagas un buen trabajo.

Parecía simple, pero tras ver todas las cajas de documentos, Elena fue consciente del tiempo que necesitaría pasar en Mana. Niko se despidió de manera formal cuando llegó el helicóptero y ella le deseó un buen viaje con la misma formalidad. Pero la casa parecía extrañamente vacía sin él.

Al enfrentarse ahora a este inesperado deseo por un hombre que apenas conocía, Elana le agradecía a su madre su sabiduría ganada a pulso en lo que se refería a los hombres carismáticos.

Aquella noche el pronóstico del tiempo trajo alivio. La tormenta tropical había girado a la derecha y se dirigía hacia el Pacífico, perdiendo intensidad en latitudes más frías.

–Pero llega un frente de bajas presiones desde el Polo Sur –anunció el presentador con tono grave–. Traerá vientos y lluvia fuerte a la Isla del Sur cuando llegue dentro de un par de días. Granjeros, tendrán ustedes que comprobar que el refugio del ganado está en buenas condiciones, y tampoco estaría de más tener un buen acopio de comida, porque si la intensidad continúa así puede que cierren las carreteras por nieve al sur, o que haya inundaciones más al norte.

–Oh, Dios mío –murmuró Elana con resignación cambiando a otro canal.

Capítulo 6

EL SONIDO del teléfono despertó a Elana del primer sueño. Parpadeó y se preguntó si lo habría soñado. Volvió a sonar y se convenció de que estaba despierta... y como era más de medianoche, debía tratarse de una urgencia.

Angustiada, se dirigió al salón y contestó al teléfono.

–Hola –dijo con voz rota.

–Siento despertarte, pero acabo de ver cómo se llevan tu coche a Waipuna –dijo la voz grave de Niko.

–¿Qué...? –Elana aspiró con fuerza el aire, convencida de que estaba soñando–. ¿Niko? Pero, ¿no estás en China?

–No, he vuelto a Waipuna.

Habían hablado cada día desde que él se marchó dos semanas atrás, y cada vez que veía su rostro en la pantalla del ordenador sentía una punzada de emoción. Niko mostraba interés en su progreso con los documentos, y le había hablado brevemente de sus impresiones sobre Pekín, pero Elana no era tan tonta como para hacerse ilusiones.

–¿No sabías que se lo habían llevado? –le preguntó él.

–No. Llamaré a la policía –dijo Elana paralizada.

–Ya lo he hecho yo. Estaré en tu casa dentro de unos minutos.

Elana colgó el teléfono con el corazón latiéndole a toda prisa. El coche era vital para ella: sin él no podría ir a Waipuna a trabajar ni a ningún lado. El viejo cacharro de Steve estaba todavía en el garaje, pero no le daba ninguna garantía.

–Dios mío –murmuró–. Piensa en positivo. La policía los detendrá y te devolverán el coche.

Pero la combinación de la adrenalina unida a la sensación de violación la hizo sentirse enferma. Se quedó mirando sin ver hacia el estuario hasta que de pronto se dio cuenta de que estaba en pijama... y Niko iba de camino. Corrió al dormitorio y se puso unos vaqueros y una camiseta. Justo a tiempo. Un rayo de luz recorrió la ventana. Sintiéndose como si la hubiera arrollado un tren, corrió hacia la puerta y la abrió.

Cuando Niko salió del coche parecía como salido de un sueño, alto, guapo, imponente. Pero no era un príncipe de cuento de hadas, tenía las facciones enfadadas.

–¿Dónde has visto el coche? –le preguntó apartándose para dejarle pasar.

–En la carretera como a un kilómetro de aquí, en dirección a Waipuna. No te preocupes, la policía los detendrá antes de que lleguen al cruce.

Niko la observó detenidamente y trató de ignorar la repentina oleada de deseo que devolvió la vida a su cuerpo. Estaba claro que se había vestido con lo primero que encontró y no se había puesto ropa interior. Aunque tenía los ojos todavía adormilados, mantenía la sensual boca bajo control, y se las arregló para parecer decidida y al mismo tiempo profundamente sensual.

Como cada vez que había contactado con ella. Debería haberle mandado un correo en lugar de poner a prueba su habilidad para resistir aquella sensual atracción. Los correos eran más seguros. Ver su sonrisa a través de la pantalla solo había intensificado su deseo. La había echado de menos. Ahora mismo se veía atrapado por una emoción que nunca antes había experimentado, una sensación de que todo estaba bien, de haber encontrado su camino... de estar en casa.

Dejó a un lado aquel pensamiento tan sentimental y dijo con brusquedad:

–Quien se llevó tu coche dejó el suyo, probablemente un vehículo robado, en la esquina junto antes de tu entrada. O está averiado o se quedaron sin gasolina.

Elana se estremeció, sobresaltada.

–No he oído nada. Gracias por llamarme –tras un momento de vacilación, dijo con más firmeza–, te avisaré con lo que sea.

Era una despedida en toda regla. Pero Niko no tenía intención de marcharse. Estaba tratando de parecer independiente, pero tenía la cara muy pálida y necesitaba apoyo.

–Le he dicho a la Policía que me quedaría aquí hasta que se pusieran en contacto contigo –le dijo.

Ignorando su expresión de asombro, se giró para mirar lo que se podía ver del jardín.

–¿Dónde dejas el coche?

–Bajo el techado. Un poco más arriba de la entrada –señaló hacia un cobertizo destartalado.

–¿Y cómo es posible que no lo oyeras?

Sintiéndose de pronto muy vulnerable, Elana se estremeció ante la idea de haber estado dormida mientras alguien le robaba el coche.

–No tienes por qué quedarte, yo...

–No me iré hasta saber qué ha pasado –la interrumpió Niko–. ¿Tienes más coches?

–Sí, el de mi padrastro –Elana aspiró con fuerza el aire–. Necesito una taza de café. ¿Tú qué prefieres, té o café?

Aunque su tono parecía calmado, Niko se dio cuenta de que estaba haciendo un esfuerzo.

–Café, gracias.

Niko entró a su casa, que a pesar de parecer algo destartalada resultaba cálida y alegre. Había flores del jardín dispuestas en jarrones y varias acuarelas de algún artista con talento colgaban de las paredes.

Elana se dirigió a la cocina, abrió una nevera bastante vieja y sacó una jarra de leche.

–¿Quieres el café con leche y azúcar?

–No, gracias. Lo tomo solo –le dijo con tono frío, como una ducha de agua helada.

Era el mismo tono de su padre. Incluso cuando estaba lo bastante enfadado como para pegar a su madre, nunca alzaba la voz.

Todavía tensa, Elana le pasó a Niko la taza y abrió camino de regreso al salón. Cuando se terminara el café, se iría. Mientras tanto hablaría de cosas banales.

–¿Tienes pensado quedarte mucho tiempo en la granja Mana?

–Solo un par de semanas –respondió él–. Habrás notado que hay mucho tráfico de furgonetas. Siento el polvo que levantan, eso va a continuar hasta que estén terminadas las nuevas casas.

–¿Casas? –la granja ya tenía varias casas.

–Las que había, menos en las que vivía el director, son cabañas que no han recibido mantenimiento durante años –afirmó Niko–. Es más fácil tirarlas abajo y construir unas nuevas.

–Entiendo. El dueño anterior.

Niko alzó los hombros y dijo con un tono más frío que las cataratas del Niágara:

–La mala gestión de la granja no es enteramente culpa del anterior dueño.

¿Qué quería decir eso? ¿Le estaba echando la culpa a Greg Percy?

Elana alzó la mirada y se cruzó con sus fríos ojos azules. Decidió que había escogido un mal tema de conversación.

–El tráfico no me molesta. Los árboles que hay entre la casa y la carretera mantienen este lugar libre de polvo –Elana se sintió enormemente aliviada cuando sonó el teléfono–. Debe ser la policía –dijo precipitadamente poniéndose de pie y descolgando el auricular–. ¿Hola?

Por alguna razón que Niko no estaba preparado para examinar, su retirada le provocó una punzada de rabia. Como si se hubiera dado cuenta, Elana se puso todavía más tensa y le miró de reojo antes de apartarse todavía más.

–De acuerdo –dijo ella con voz pausada–. ¿Y están bien?

Maldición, ¿significaba eso que los idiotas que le habían robado el coche habían chocado?

–No te preocupes, Phil –le dijo Elana al policía–. Todavía tengo el coche de Steve. Gracias por llamar.

Niko esperó a que colgara el teléfono. Ella se detuvo unos segundos como si estuviera recopilando fuerzas y luego se giró y dijo bruscamente:

–El coche está destrozado. Los dos hombres que lo robaron estaban o borrachos o drogados –hizo una pausa, como si estuviera pensando.

–Y tú tienes un seguro que cubre los gastos de reparación, ¿verdad?

Elana asintió y disimuló un bostezo con la mano antes de sonreír con pocas ganas.

–Lo siento. Muchas gracias por haber venido a contarme lo sucedido.

Otra vez echándole. Niko sintió una punzada de algo más que irritación. Se le pasó un poco cuando vio que su piel de marfil estaba más pálida de lo normal, y que apretaba los labios. Sorprendido por el profundo deseo de protegerla, decidió que no estaba dispuesto a dejarla así.

–No ha sido nada –afirmó con calma–. Siéntate y termínate el café.

La mirada que Elana le dirigió estaba cargada de irritación, pero se sentó. Niko ocupó la silla enfrente de ella y empezó a hacerle preguntas sobre su trabajo con los documentos. Ella le siguió, y al hablar recuperó un poco de color en las mejillas. Cuando Niko se terminó el café preguntó:

–¿Hace cuánto que no usas el coche de tu padrastro?

–Bastante, ¿por qué? –Elana lo miró confundida.

–Los motores de los coches necesitan un uso frecuente. ¿Hace cuánto que no sale a carretera?

–Un par de años.

–Entonces será mejor que vayamos a comprobar si funciona. En caso contrario tendrás que organizarte para ir a trabajar mañana.

Elana se encogió de hombros y se puso de pie.

–De acuerdo, iré a probarlo.

Y no le sorprendió que Niko respondiera:

–Voy contigo.

Mientras le guiaba por el oscuro camino hacia el cobertizo en el que estaba el coche de Steve, Elana agarró la linterna situada al lado del huerto de su madre. Las olas del mar susurraban de fondo, los aromas del jardín y el cielo plagado de estrellas en un cielo tan intenso le hicieron sentir la inmensidad del universo.

–Aquí está –dijo Elana pasándole la linterna–. Aquí no hay luz, así que si me sostienes esto yo intentaré arrancar el motor.

Y se estremeció cuando sus dedos se rozaron al recibir Niko la linterna. Entró en el coche y giró la llave. Solo sonó un clic. Volvió a intentarlo. Nada. Niko se acercó y dijo:

–Seguramente sea el solenoide de arranque. Sujeta la linterna y le echaré un vistazo.

¿Qué diablos era un solenoide de arranque? Elana se bajó del coche y agarró la linterna.

–¿Tienes un destornillador?

–Steve guardaba aquí las herramientas –dijo dándose la vuelta y dirigiendo la luz hacia donde debería estar la caja de metal.

Desgraciadamente, no había ni rastro de ella. Y por alguna razón aquello la desanimó más que todo lo que había sucedido aquella noche. Tuvo que hacer un esfuerzo para evitar que le temblara la voz.

–Aquí no está.

–Déjalo –ordenó Niko–. Estás cansada. Dame la linterna.

–Estoy bien –respondió ella con brusquedad.

No era el cansancio lo que le pesaba, sino la sobredosis de adrenalina unida al poderoso deseo que se había apoderado de ella desde que le abrió la puerta. Todo reforzaba una emoción que nunca antes había sentido. Aquella certeza la aterrorizaba y al mismo tiempo la estimulaba, como si estuviera al borde de un precipicio mirando hacia un paisaje bello y desconocido plagado de peligros ocultos.

–No estás bien. Tenemos que volver a tu casa. Le di mi teléfono a la policía, pero tal vez te llamen a ti.

–Me gustaría que dejaras de decirme cómo me siento –le espetó Elana–. Y lo que tengo que hacer. Yo sé lo que quiero y lo que necesito.

Pero se dio cuenta de que lo que más quería en aquel momento era a Niko Radcliffe. En todos los sentidos... lo deseaba tanto que le dolía. Aspiró con fuerza el aire, pero no experimentó ningún alivio.

Niko se acercó más al coche y sacó las llaves. Luego se incorporó y bajó el capó. Y la sorprendió diciendo con frialdad:

–Lo siento.

Por alguna razón, aquello provocó una sonrisa renuente en sus labios. La borró a toda prisa y dijo:

–Vas a tener que parecer un poco más arrepentido si quieres que te crea.

Niko se rio, y durante un poderoso segundo Elana vio al niño travieso que debió ser. Sus débiles defensas se derrumbaron y dio un paso hacia él. Entonces se dio cuenta al verle endurecer de repente el rostro que estaba pisando terreno peligroso.

–Ten cuidado. El suelo es irregular aquí –le dijo dirigiendo la luz de la linterna al camino.

Cuando llegaron a la puerta de la casa, Elana había recuperado el control suficiente para decir:

–Gracias por todo. Voy a buscar un destornillador.

–No te preocupes, seguro que yo tengo uno en el coche –dijo él extendiendo la mano–. Dame la linterna y entra en casa. Estás temblando. No tienes que estar aquí fuera.

Elana abrió la boca para protestar, pero luego se lo pensó mejor. Lejos de él podría recomponerse, recuperar su habitual equilibrio, detener aquel impetuoso deseo hacia algo peligroso que podría marcarle la vida si se rendía a él.

–De acuerdo –dijo teniendo cuidado de evitar su contacto cuando le pasó la linterna–. Gracias.

Una vez a salvo dentro de la casa, se apoyó contra la encimera de la cocina y trató de calmar su turbulencia interior, haciendo un esfuerzo por recuperar su habitual temperamento equilibrado que siempre daba por sentado. Confiando en que eso la ayudara, se concentró en intentar escuchar el tranquilizador sonido del motor del coche de Steve al arrancar. Fue en vano.

Cuando llamaron a la puerta con los nudillos el corazón se le subió a la boca y tuvo que hacer un esfuerzo por caminar despacio para ir a abrir.

–No es el solenoide –le dijo Niko con la mirada entornada–. Parece más bien la batería, aunque a juzgar por el estado del motor podrían ser muchas cosas. En cualquier caso, significa que no tienes modo de ir a trabajar mañana.

Elana ya lo había resuelto.

–Alquilaré un coche hasta que arreglen la batería –le dijo con rotundidad.

Niko frunció el ceño.

–Pero, ¿cómo vas a bajar a Waipuna mañana por la mañana? ¿Andando?

El tono sarcástico la irritó un poco.

–Otra ventaja de vivir en un sitio pequeño. Si me muestro amable con Ted, el del alquiler de coches, me traerá uno aquí.

En una voz que le sonó extraña, Niko le preguntó:

–¿Es amigo tuyo?

–Se podría decir que sí –respondió ella manteniendo un tono distante.

No era asunto suyo. De hecho, Ted había sido el compañero de pesca de Steve. Eran de la misma edad y tenían los mismos gustos. En aquel momento sonó el teléfono, sobresaltándola.

–Contesta. Seguramente será la policía.

Así era. Elana reconoció la voz al instante.

–Elana, soy Phil. Lo siento, pero tengo malas noticias. Aunque todavía no es oficial. Un perito de la compañía de seguros tendrá que examinar el coche, pero parece que se trata de un siniestro total.

Ella cerró los ojos.

—Oh, maldición...

—Sí. Escucha, ¿cómo vas a ir a trabajar mañana?

—Ya me las arreglaré.

—Eres consciente de que el seguro tardará algún tiempo en pagarte, ¿verdad? Y ya sabes lo caro que es alquilar un coche.

En cierto sentido Phil era como un hermano mayor. Conocía su situación financiera, pero Elana no quería tener aquella conversación con él mientras Niko la miraba con sus increíbles ojos azules. Giró la cabeza y dijo:

—Sí, lo sé. Gracias por llamar, Phil.

—De nada, pero si no consigues quién te lleve, llámame.

—No será necesario —respondió ella con una sonrisa. Y colgó.

—Supongo que es tu amigo el policía —dijo Niko—. Y parece que no te ha dado buenas noticias.

—No —Elana se encogió de hombros y disimuló un bostezo con la mano—. Al parecer mi coche es siniestro total.

—Entiendo. ¿A qué hora entras a trabajar?

—A las ocho —contestó ella mirándolo—. ¿Por qué?

—Yo te llevo.

—No, no hace falta —se apresuró a decir Elana—. Puedo lidiar con esto.

Niko se encogió de hombros.

—¿Eres siempre tan intransigente cuando los vecinos te ofrecen ayuda?

De pronto quiso que se fuera. La tensión la abrumaba, alimentada por una oleada de volatilidad peligrosa. Un deseo de rendirse, de permitir que él se ocupara de todo. Se mordió el labio inferior y aspiró con fuerza el aire.

–Puedo ocuparme yo. No necesito que me rescaten –cruzó la estancia y abrió la puerta a la noche, sosteniéndola–. Gracias por ayudarme y por ofrecerte a llevarme. Es muy amable por tu parte, pero...

–Te recojo a las siete y media.

–Niko, no...

Elana se quedó sin voz. Niko se acercó a ella con la mirada encendida. Elana contuvo el aliento en los pulmones, y trató de ofrecerle una mirada desafiante, pero fue incapaz cuando él extendió la mano y le tocó la boca. El corazón le saltó dentro del pecho, y fue incapaz de moverse, hipnotizada por la intensidad de su mirada. Bajo la caricia, sus labios formaron una palabra, el nombre de Niko, pero no fue capaz de decirla en voz alta.

Aquello era lo que había querido desde que bailaron juntos, pensó mareada. Aquella era la razón por la que esperaba los chats en el ordenador cuando Niko estaba fuera. Cruzó por su mente el recuerdo de la advertencia de su madre, pero lo rechazó al instante. No tenía pensado casarse con Niko. No estaba enamorada de él. Así que no corría ningún peligro. Pero volvió a susurrar...

–Niko, no...

–¿No? –preguntó él con un tono grave que sugería que estaba sintiendo el mismo y poderoso deseo–. ¿No qué?

–No lo sé –susurró Elana contra su suave dedo.

–Estás temblando. ¿Tienes frío?

–No –respondió ella–. Sí –dijo luego con voz temblorosa.

–Déjame calentarte.

Niko esperó a que asintiera con la cabeza antes de envolverla en su abrazo. Sus brazos eran como un refugio contra el mundo, un escudo seguro contra todo. Una deliciosa sensación expectante acabó con sus últimas defensas. Una parte lejana de su cerebro le ordenó que se apartara. Pero no pudo.

–Elana –dijo él en tono áspero.

–Sí –susurró ella.

Niko inclinó la cabeza y tomó su boca como si hubiera esperado meses a besarla, años... eternamente. Y luego alzó la cabeza y la soltó.

Sintiendo otra vez el frío, Elana volvió a estremecerse. Y él la estrechó entre sus brazos una vez más, esta vez con más suavidad mientras observaba su rostro girado.

–¿Qué ocurre? ¿Tienes miedo?

–Sí... no... en realidad no –murmuró ella. Una exquisita sensación la atravesaba.

Algo parecido al humor brilló en los ojos azules de Niko.

–¿Cuál de todas? –le preguntó en un tono que Elana no le había escuchado nunca antes.

Mareada y atrapada por el voluptuoso deseo, Elana dijo con desesperación:

–No tengo miedo de ti.

–Bien –Niko inclinó la cabeza y volvió a besarla con la misma urgencia que a ella le recorría el cuerpo.

Podría detenerle, apartarle de sí, demostrarle que no era tan débil como para sucumbir a aquella salvaje excitación. Pero una parte más inconsciente de ella quería más...

Entonces Niko levantó la boca un milímetro de la suya y le dijo con tono controlado:

–A menos que quieras que esto vaya más lejos, párame ahora.

Ella estaba consternada. Sin pensarlo, gruñó:

–Eso no es justo.

Niko alzó las cejas y dio un paso atrás.

–Es tu decisión.

Algo se rompió dentro de Elana. Había luchado contra aquella potente atracción porque Niko le recordaba a su padre... pero el amor y la pasión eran dos cosas distintas. Y ella no le amaba, no podría, así que no había peligro. El instinto le dijo que sería un buen amante. Niko no esperaría de ella más que una aventura, algo que terminaría cuando volviera al palacio europeo en el que vivía. Estaría a salvo. Y, oh, le deseaba con tanta intensidad que tenía que apretar los dientes para que no le castañetearan.

–¿Elana? –Niko volvió a estrecharla entre sus brazos.

–Sí –jadeó ella.

Capítulo 7

Y NIKO volvió a besarla otra vez. Elana olvidó toda precaución, una imprudencia embriagadora desató la respuesta contra la que había estado luchando desde el baile del centenario. Estaba sobrepasada por un deseo exigente que borraba todo pensamiento coherente.

Respondiendo a una pasión que nunca antes había experimentado, disfrutó de la firmeza del cuerpo de Niko contra el suyo, apretándose contra él todo lo que pudo. Sus brazos la sujetaban con fuerza, alimentando el calor que ardía dentro de ella, el anhelo de estar todavía más cerca, un deseo de más, de todo.

Aquella certeza cayó sobre ella como un golpe. Se puso rígida inconscientemente, y Niko dejó de abrazarla al instante.

–Tienes miedo –la acusó con aspereza.

Ella tragó saliva, se pasó la lengua por los labios secos y consiguió decir:

–Ya te lo he dicho, no tengo miedo de ti.

Cuando Niko volvió a reclamar sus labios una vez más, sintió una explosión de deseo fundiéndole los huesos. Esta vez, cuando él alzó la cabeza preguntó:

–¿Cuál es la puerta?

Elana señaló indefensa hacia el dormitorio y contuvo al aliento cuando la levantó y la llevó hacia él. Ocultó el rostro contra su cuello, aspirando el aroma sutil del hombre al que deseaba. En algún lugar de su mente, un punto lejano, una voz susurró: «para, para antes de que sea demasiado tarde».

Pero otra voz más primitiva respondió: «le deseas. Hazlo tuyo...».

Niko abrió la puerta con el hombro, dio tres pasos hacia la cama, que tenía las sábanas retiradas, y se detuvo. La estrechó con más fuerza entre sus brazos y la dejó en el suelo, deslizándola por toda la longitud de su cuerpo. El calor que sentía Elana hizo explosión. Cuando él la sujetó por los antebrazos para estabilizarla, Elana sintió sus poderosos músculos, su potente fuerza masculina y algo más... una confianza en sí misma que la impedía echarse atrás.

Niko la miró con ojos entornados.

–¿Estás segura?

Nunca había estado tan segura de algo. Asintió con la cabeza.

–¿Cuánto de segura?

No le salieron las palabras. Seguro que Niko podía ver lo que sentía. ¿Por qué pedía confirmación?

Elana extendió la mano y le tocó la boca como se la había tocado él, deslizándole el dedo por el labio inferior.

–Bésame –consiguió decirle.

Niko se rio y la estrechó con tanta fuerza que solo la ropa los separaba. Cuando alzó la cabeza ella trató de poner un poco de distancia.

–¿Qué pasa? –gruñó él.

–Debes tener calor –empezó a desabrocharle la

camisa, apartándole la tela para poder acariciar la piel que había debajo.

Niko se quedó sin moverse hasta que el último botón se soltó y luego se sacó la camisa.

Elana se quedó sin respiración. Era un hombre magnífico, la piel de bronce revelaba los esculpidos músculos que había debajo. Le recorrió despacio el pecho con la palma de la mano, estremeciéndose al sentir su calor.

–Lo que es justo, es justo –murmuró él con tono indolente. Y le levantó el cuello de la camiseta que se había puesto al levantarse.

A Elana se le sonrojaron las mejillas. Hizo un movimiento instintivo para apartarse, pero se detuvo y apretó los puños como si intentara recuperar el control mientras Niko le sacaba la camiseta por la cabeza y la dejaba caer al suelo.

Elana tuvo que contenerse para no taparse los senos con las manos, para no darse la vuelta. Miró el hermoso rostro de Niko , más angular de lo que le había parecido nunca.

–Estás sonrojada –dijo él–. ¿Tienes vergüenza?

–No... –las palabras se le secaron en la lengua cuando él inclinó la oscura cabeza y besó el punto en el que se unían el cuello y el hombro.

Elana se estremeció en el círculo de sus brazos, pero al mismo tiempo se sentía extrañamente a salvo. Niko se incorporó.

–¿Esta es tu primera vez...?

–No –consiguió decir ella con piel en llamas.

–Eres preciosa –murmuró él.

Asombrada, porque sabía que no lo era, Elana sacudió la cabeza y trató de apartarse. Tenía que tratarse de un cumplido vacío que sin duda le diría a cada una de sus amantes... que según la señora Nixon, eran espectaculares.

Niko aflojó los brazos y la miró con el ceño fruncido.

—Lo digo de verdad. No de un modo convencional, pero te mueves como una bailarina, tienes una piel exquisita y tus ojos son seductores y al mismo tiempo inteligentes. Y en cuanto a la boca...

Niko bajó la cabeza, borrando la momentánea pérdida de confidencia de Elana con el erotismo de sus besos.

A Elana se le disparó el corazón. O era el mejor mentiroso que había conocido en su vida o lo decía de verdad. En cualquier caso, no le importaba. El amor no formaba parte de aquello. Estaban en la misma barca. Cuando llegara el momento de separarse echaría de menos el arrebato que Niko prometía, pero no quedaría destrozada por su ausencia.

Su tono de voz gutural no dejó lugar a dudas cuando alzó la cabeza.

—Solo mirarte ya me hace desearte.

Elana le creyó. Sentía los senos pesados y lánguidos, con los rosados pezones tirantes y ávidos.

—Es mutuo —murmuró ella.

Pero Niko ya lo sabía. Casi enfadado, dijo:

—No tengo protección.

Elana aspiró con fuerza el aire. Abrumada por la pasión, dijo:

—No pasa nada. Estoy... protegida.

Niko volvió a besar su boca ávida. Luego la soltó

y se desabrochó el cinturón. Cuando se quitó los pantalones, Elana trató de controlar el ritmo acelerado de su respiración. Era... magnífico. Como un antiguo dios griego que hubiera cobrado vida, pensó temblando de deseo.

Elana se bajó los viejos vaqueros y aspiró con fuerza el aire mientras Niko seguía el movimiento de sus manos con la mirada. Tenía las facciones endurecida por una expresión de deseo. Esperó a que se quitara del todo los pantalones y luego la elevó y la colocó con cuidado sobre la sábana.

Elana cerró los ojos mientras se bajaba las braguitas con los dedos.

–Espera, déjame a mí.

El deseo se saltó un nuevo límite, convirtiéndose en algo que Elana no había sentido nunca antes mientras él le quitaba la última prenda y se deslizaba en la cama a su lado.

–Abre los ojos –le pidió Niko casi jadeando.

–¿Por qué?

–Para que sepas con quién estás haciendo el amor –Niko le besó cada párpado–. Y porque me gustan tus ojos, con esas chispas doradas sobre el verde.

Encandilada, Elana levantó las pestañas y lo miró a los ojos. Algo extraño sucedió en su corazón. El calor le recorrió la piel y cerró otra vez los ojos cuando Niko empezó a besarla de nuevo y deslizó las manos bajo su cuerpo, sosteniéndola contra el suyo mientras exploraba su cuerpo con los labios y con la mano, volviéndola tan loca de deseo que no pudo evitar jadear. Y cuando la boca de Niko encontró la suplicante punta de su seno, sintió una oleada de placer con los sensuales tirones de sus labios, con la lenta y delicada exploración de su cuerpo.

Llegó un momento en el que no pudo seguir soportando aquel erótico tormento. Se arqueó contra él, acariciándole, explorándole mientras él la iba descubriendo. Su cuerpo se flexionó bajo su contacto, y Niko deslizó la mano más abajo, hacia aquel latente calor que se moría por algo que nunca había experimentado.

Cuando llegó a su destino, un gemido estremecido surgió de la garganta de Elana y se apretó con más fuerza contra él, exigiendo, buscando, tan atrapada en la magia de su forma de hacer el amor que nada le importaba excepto sus caricias. Ya no podía pensar.

—¿Ahora?

La ronca intensidad de su tono elevó su excitación a un nivel insoportable.

—Sí —fue lo único que pudo decir.

Y lo único que Niko necesitaba oír. Cuando se arqueó contra él la penetró. La descarga de exquisito placer la llevó a gritar, y entonces él se paró.

—No pasa nada —consiguió decir ella en un hilo de voz.

Pero al ver que Niko no se movía, le abrazó la ancha espalda y alzó el rostro para que pudiera verla, susurrando:

—Por favor...

Al ver que seguía sin moverse, miró su rostro duro y angular y se arqueó, atrayéndole hacia sí, casi sollozando ante la intensidad de placer que la atravesó.

—Elana —dijo él reclamándola de un modo que ella estaba más que dispuesta a aceptar.

El apasionado placer que arrancó de Elana la llevó a un reino de experiencias que iba más allá de todo lo que había imaginado.

Y cuando fue subiendo, cuando se sintió poseída por un intenso éxtasis, Niko la siguió. Y luego se dio la vuelta y la sostuvo contra su pecho mientras sus corazones se iban calmando juntos.

Entonces Elana se dio cuenta de lo que acababa de hacer. Por supuesto que no estaba enamorada de él, pero el salvaje éxtasis de su acto amoroso había destrozado las barreras que había levantado. Había puesto su corazón en riesgo estúpidamente. Un escalofrío helado la hizo apartarse.

Se tumbó boca arriba, pero ella sabía que Niko la estaba mirando.

—No pasa nada —le dijo haciendo un esfuerzo por mantener la voz firme.

—¿Estás segura? —preguntó él sin ninguna calidez. Sin ninguna emoción. Y se levantó de la cama.

Elana subió las sábanas para cubrir su desnudez y cerró los ojos mientras él se vestía.

—¿Estás bien? —le preguntó Niko acercándose a la cama.

—Sí, por supuesto —murmuró Elana deseando que se marchara... y que se quedara.

—Me voy. ¿Podrás dormir?

—Sí, por supuesto —repitió ella esbozando una sonrisa falsa—. Estoy muy bien. De verdad.

Niko asintió y se dirigió a la puerta.

—Buenas noches —le dijo ella.

Sonaba como un adiós. Niko la miró un instante. Ya no estaba la mujer que había cobrado vida entre sus brazos, bajo su contacto. Se había refugiado en sí misma.

—Antes de irme quería preguntarte, ¿qué ha pasado con tu coche?

—Phil encargará una grúa para que se lo lleven. Llamaré al seguro mañana por la mañana.

—¿Qué te parecería si Patty West te llevara a Waipuna mañana por la mañana? —le preguntó—. Seguro que tiene que ir a hacer algunas compras.

Elana sonrió.

—Eso estaría bien. Gracias.

—Muy bien, si tu amigo no puede conseguirte un coche de alquiler mañana por la mañana, llama a mi casa y o Patty o yo te recogeremos después del trabajo. Buenas noches, Elana. Gracias. Que duermas bien.

Niko salió por la puerta y se marchó.

Elana se quedó temblando en la cama. ¿Por qué diablos le había dado las gracias? ¿Por el sexo? ¿Les daba las gracias también a sus otras amantes, esas criaturas elegantes y famosas que se llevaba a la cama?

Se quedó mirando el techo furiosa y se dijo a sí misma que debía pensar en organizar el asunto del seguro al día siguiente, pensar en cómo iba a conseguir el dinero que necesitaba para arreglar el tejado de la casa, pensar en cualquier cosa que no fuera el peligroso magnetismo de su vecino.

Tal vez se arrepintiera para siempre haberse dejado llevar por aquel imperioso deseo, pero se aseguraría de que no volviera a ocurrir nunca más. Y seguramente Niko estaría pensando lo mismo...

En lo alto de la colina que separaba la granja Mana del terreno de Elana, Niko pisó el freno y detuvo el coche justo entre los dos pilares de piedra. Una vez fuera cerró la puerta y se quedó mirando con el ceño fruncido el estuario bañado por la luz de luna, intentando encontrar algo de paz.

¿Por qué diablos había perdido el control aquella noche? Maldición, ¿qué tenía Elana Grange que acababa con su habitual autodisciplina? ¿Y por qué haber hecho el amor con ella le había resultado tan...? ¿Tan qué? La única palabra que se le venía a la cabeza era «trascendental».

Impactado, se apartó un par de pasos del coche y dejó escapar un profundo suspiro. Lo que Elana había despertado en él era mucho más profundo que el deseo sexual normal. Atravesaba su fuerza de voluntad. Había tomado la decisión de guardar las distancias... la decisión adecuada, porque no quería hacerle daño. Sí, ella ya había tenido experiencias previas, pero la clase de relaciones que Niko había vivido con anterioridad le parecían ahora sórdidas y casi cínicas.

Y sin embargo se había rendido a un deseo que ahora casi le daba miedo.

Capítulo 8

UNA VEZ duchada y tras haber borrado hasta el último rastro de Niko Radcliffe cambiando las sábanas, Elana se metió en la cama y se quedó varias horas mirando al techo en la oscuridad, amargamente consciente de que no podría volver a dormir en aquella cama sin recordar el maravilloso momento que había vivido entre los brazos de Niko. Tal vez él estuviera acostumbrado a las aventuras de una noche, pero Elana no.

Finalmente se quedó dormida, pero soñó con él, una combinación extraña de escenas cuyo recuerdo la hizo sonrojarse a la mañana siguiente mientras se preparaba para ir a trabajar.

Tenía que parar aquello ya. Tenía muchas otras cosas más importantes de las que preocuparse. Como llamar a Ted y alquilarle un coche. Pero él le dijo que no tenía vehículos disponibles.

Al parecer el destino parecía decidido a obligarla a pedirle ayuda a Niko, al menos aquel día.

Colgó el teléfono, se puso el lápiz de labios y observó su reflejo en el espejo. Su mirada se encontró con una mujer algo distinta a la que había visto el día anterior por la mañana. Tenía los labios más llenos y una expresión de suave languidez que nunca se había visto antes.

–Te estás imaginando cosas –le dijo a su reflejo con severidad–. Hacer el amor, no practicar sexo, cambiaría tu aspecto.

En el pasado no había sucedido. Pero su experiencia anterior con el hombre que una vez creyó amar no se parecía en nada a la tormenta de sensaciones salvajes que había experimentado en brazos de Niko. Allí aprendió lo que podía lograr un orgasmo total: una especie de renacer, un descubrimiento de sí misma. Niko le había insuflado vida, la había cambiado para siempre.

–Cálmate –se ordenó a sí misma entre dientes dándose la vuelta–. No va a volver a pasar.

Llamó a regañadientes a Mana con el temor de que le respondiera Niko. Por suerte contestó la señora West.

–Iba a llamarla ahora mismo. El jefe me ha dicho que necesita que la lleven y la traigan de Waipuna esta tarde. ¿A qué hora quiere salir?

Elana le dijo la hora, le dio las gracias y colgó. Tendría que volver a hacer funcionar el coche de Steve. Así que llamó al mecánico, quien le dijo que podría estar allí sobre las cinco y media de la tarde.

–Muy bien, a esa hora ya estaré en casa.

El mecánico repasó cuidadosamente el motor, luego se incorporó y cerró el capó. Sacudió la cabeza y le dijo con simpatía:

–Sinceramente, Elana, no vale la pena arreglar este montón de chatarra. Ni siquiera voy a intentarlo. No es seguro para llevarlo por carretera, y con el dinero que te vas a gastar en él puedes comprarte un coche de segunda mano decente.

Elana vaciló antes de preguntar:

–¿Has podido echarle un vistazo a mi coche? Phil me dijo que está en tu taller.

–Sí. Se puede salvar.

Elana sintió una oleada de alivio.

–¿Cuándo crees que estará listo?

–No puedo darte fecha –el mecánico se encogió de hombros–. Seguramente tardará más de una semana.

Elana le dio las gracias y se despidió de él. Luego recibió la llamada de Ted, que le dijo que había encontrado un coche que podría alquilarle durante un par de días. Ella le dio las gracias, se puso crema de protección solar en brazos, piernas y nariz y salió al huerto.

Alquilar un coche, aunque fuera por poco tiempo, se comería sus ahorros, y los necesitaba para arreglar el tejado. Sería mucho más sencillo y más económico aceptar la oferta de Niko.

Suspiró y se dio cuenta de que los gusanos habían hecho estragos en las lechugas que había plantado unas semanas atrás.

De camino al invernadero para ir a recoger el cebo para gusanos, se detuvo al escuchar el sonido de un coche. El enorme todoterreno de Niko dobló la esquina. A Elana se le agolpó la sangre en los oídos, como si hubiera corrido una maratón. La tensión que sentía se intensificó con la caricia de la

brisa que le recorrió los brazos y las piernas desnu-
dos. Lamentó haberse puesto los vaqueros cortos
que tendría que haber tirado un par de años atrás y
aquella camiseta todavía más vieja de un color que
no le sentaba bien.

Esperó y trató de recuperar el aliento. El coche se
detuvo al girar la rotonda de la entrada. Niko salió y a
ella le dio un vuelco al corazón. Tuvo que hacer un
auténtico esfuerzo por esbozar una sonrisa amistosa.
Nada más mirarle supo que aquel no era el amante
tierno y apasionado de la noche anterior. Se preparó y
dijo con el tono más alegre que pudo:

–Hola –sonó falsa y estúpida.

–¿Qué ocurre? –preguntó Niko entornando los
ojos y acercándose a ella–. Y no me digas que nada
porque te lo he notado nada más verte.

Elana vaciló un instante y luego suspiró.

–Acabo de saber que el coche de Steve no se puede
arreglar. Por suerte Ted me ha conseguido un coche
para el resto de la semana.

–Ayer estuve hablando con la señora Nixon –le
contó Niko–. Está preocupada por ti. Y supongo que
está bien que lo haga, porque me dijo que no tienes
familia.

Elana se encogió de hombros.

–Bueno, no que yo sepa. Mi madre creció en un
centro de acogida y Steve era inglés. Nunca habló de
su familia.

–¿Y por parte de tu padre?

Se hicieron unos segundos de silencio antes de que
ella volviera a hablar.

–Que yo sepa, no –afirmó con tono seco.

–Pues entonces está muy bien que tengas a la señora Nixon. Acabo de recibir una llamada de la Oficina del Primer Ministro. Tengo una reunión con él en Wellington y luego vuelo a las Maldivas.

¿A las Maldivas? ¿Iría a encontrarse con alguien allí? ¿Con alguna rubia famosa que perteneciera a su mundo? Elena sintió una fiera punzada de celos que ya le resultaban agónicos.

–Que te lo pases bien –dijo con ligereza controlando el dolor.

De pronto se escuchó el sonido del motor de un helicóptero.

–Ese es mi helicóptero –dijo Niko–. ¿Me llevas de regreso a Mana? Voy a prestarte mi coche mientras esté fuera. Y no me digas que no –se le adelantó mirándola a los ojos y le puso las llaves del coche en la mano–. Yo no lo voy a necesitar.

Niko entró en el coche con expresión taciturna. ¿Por qué estaba tan empeñado en facilitarle la vida a Elana cuando estaba claro que ella se resistía tanto a él? Hasta la noche anterior.

Niko no tenía intención de hacer el amor con ella. Pero cuando la miró y la tocó, un deseo oculto que nunca antes había experimentado convirtió la rendición en algo inevitable.

Y fue algo completamente nuevo para él, dulce, fiero y embriagador. Pero que no iba a ninguna parte.

La actitud de Elana lo había dejado más que claro. Así que la sacaría de su mente y se centraría en los negocios que tenía por delante, y pronto sería capaz de ver la situación sin aquel deseo.

Elana se puso tras el volante del coche y se centró en conducir. Afortunadamente, Niko fue de ayuda. La tensión se le fue relajando gradualmente para convertirse en algo parecido a la seguridad en sí misma a medida que se acercaban a la casa de Mana.

–Eres buena conductora –le dijo cuando disminuyó la marcha–. Ya he avisado a la policía y a mi compañía de seguros para decirles que tú conducirás este coche hasta que tengas el tuyo.

Elana se mordió la lengua para no preguntarle cuánto tiempo estaría fuera. Una noche de pasión no le daba ningún derecho a nada. Además, tal vez Niko tuviera intención de no volver.

Ignorando la punzada de angustia que le provocaba aquella posibilidad, detuvo el coche a la puerta de la casa y, sin apagar el motor, dijo:

–Gracias. Que tengas un buen viaje.

Niko salió del coche y se acercó a la puerta del conductor.

–Antes de irme quiero preguntarte algo. ¿Reconoces los gritos que hacen los kiwis?

–Sí –respondió ella asombrada–. A veces los oigo por la noche. ¿Por qué?

–Anoche vi uno muerto en la cuneta de la carretera, seguramente atropellado. La persona con la que he hablado en el departamento de conservación me dijo que es bastante frecuente, y me preguntó si había visto señales de ellos en Mana.

–En la carretera se quedan deslumbrados por los faros. Los perros de las granjas se sienten muy atraídos por ellos. Al parecer hay gente a la que le cuesta entender que su encantadora y obediente mascota mataría sin problema al icónico pájaro neozelandés. Y hasta que no son algo mayores no se pueden proteger de los armiños.

Niko asintió.

–Eso fue lo que me dijo el guardia forestal. Estoy pensando en implantar una zona de protección de kiwis en la península. ¿Te interesaría participar?

La primera reacción de Elana fue decir que no. Significaría tener que verle todavía más, y no se atrevía. Pero los pájaros autóctonos de Nueva Zelanda estaban en peligro. Aquel era un aspecto nuevo de Niko, un aspecto que admiraba. Tras unos segundos, dijo:

–Sí –y se preguntó si habría tomado la decisión correcta.

–Conoces a los otros dueños de las granjas mejor que yo. ¿Crees que sería posible que se unieran?

Elana frunció el ceño y pensó en sus vecinos.

–Creo que sí. Vale la pena intentarlo.

–Estoy de acuerdo –Niko consultó su reloj–. Será mejor que me ponga en camino.

–Sí... gracias.

Niko sonrió brevemente y sin asomo de buen humor.

–No pasa nada, Elana –le dijo con calma–. Veo que estás sufriendo por lo que ocurrió anoche, pero no pienso peor de ti, si eso es lo que...

–¡No! ¡No tiene importancia! –dijo Elana desesperada y muy avergonzada.

Porque la opinión que tuviera Niko de ella le importaba mucho. Él alzó las cejas y eso le provocó un sonrojo en las mejillas.

–Maldición, eso ha sonado fatal –murmuró Elana–. Puedo aceptar que me dejes tu coche, pero no tienes que sentirte responsable de mí solo porque... bueno, porque...

–Porque hemos hecho el amor –le espetó él–. ¿Por qué te cuesta tanto decirlo?

Incapaz de dar una respuesta, Elana se mordió el labio inferior y se sintió muy aliviada cuando Niko dijo:

–Te veré dentro dos semanas.

–Buen viaje –logró decir ella.

Niko asintió y se dio la vuelta para marcharse. Elana apretó las mandíbulas y puso el coche en movimiento, concentrándose en conducir hacia Waipuna. ¿Había sido aquella una especie de despedida tipo adiós, gracias por el sexo y ahora olvídalo? ¿Habría sido para Niko solo un episodio más en su lista de aventuras de una noche?

¡No! Horrorizada por la punzada de dolor que la atravesó, aspiró con fuerza el aire. Niko la había tomado, la había hecho completamente suya y ya o era la misma mujer de antes. La había poseído con una fiereza tierna, como si llevara toda la vida buscándola y la hubiera encontrado por fin.

«Estás fantaseando», se dijo.

A la mañana siguiente se despertó con un correo suyo diciéndole que si necesitaba ayuda se pusiera en contacto con él en esa dirección. Y que dentro de dos días se conectaría a través del ordenador a las diez de la mañana hora de Nueva Zelanda. Firmado, Niko. Breve y frío. Bueno, ¿qué esperaba? Era una estupidez sufrir aquel vacío, como si Niko significara algo más que una aventura sin importancia. ¿Sin importancia? Expresión equivocada.

Muy equivocada. Una especie de pánico se apoderó de ella, el entendimiento de que la noche anterior la había en cierto modo transformado. Pero a juzgar por el tono de la despedida de Niko, si podía llamarse así, no había tenido ningún efecto en él. Debería sentirse aliviada. Pero, ¿por qué cada palabra impersonal de aquel correo hacía que se sintiera como si le hubieran clavado un puñal?

«Deja de pensar en él». Al menos tenía el proyecto de Mana, que la mantenía ocupada. Aparte de la considerable suma que iba a recibir por el trabajo, la ayudaría a no pensar en Niko y el humillante deseo que sentía por él. Apretó los dientes y llamó a la granja. Tenía que organizar una rutina que les viniera bien a todos mientras Niko estuviera fuera.

–O podría llevarme los documentos a casa –sugirió. No quería acordarse de él cada vez que fuera a la casa.

David West guardó silencio durante un instante y luego dijo:

–No creo que el jefe esté de acuerdo con eso. Son muy frágiles.

Después de colgar, Elana llamó al constructor, que le dio cita para la reparación. Elana se alegró pero también estaba preocupada. A pesar del salario que iba a recibir por su trabajo en Mana, tendría que ajustarse a un presupuesto muy estrecho durante los próximos meses. Se dijo a sí misma que igual que había podido con todo lo demás podría también con esto, igual que con el anhelo de su estúpido corazón por un hombre en el que no se atrevía a confiar.

A medida que transcurrían los días, Elana se fue interesando cada vez más en los documentos, especialmente en los diarios. Leyó el relato de accidentes, fatalidades, fiestas, bodas y bailes, comentarios de las noticias del día, y un día descubrió lo que le pareció un fajo de cartas de amor atadas con un lazo de seda azul. Le pareció deshonesto pensar siquiera en desatar el lazo para leer los desahogos del corazón de alguien, así que las dejó a un lado sin tocar. Niko se pondría en contacto con ella dentro de unos días, así que se lo mencionaría. Y trataría de librarse de su desesperada y vergonzosa emoción ante la idea de volver a verle en la pantalla. Los recuerdos de su acto amoroso, apasionado y tierno, se mezclaban con los recuerdos de su frialdad posterior. Pero la última vez que contactó con él le pareció distinto, más relajado, como si disfrutara de hablar con ella.

Una llamada a la puerta interrumpió sus pensamientos. David West, el director, se disculpó y dijo:

—Los chicos del instituto estarán aquí pronto para plantar algunos árboles. Tal vez lleguen antes de que vuelva de recoger al jefe en el aeropuerto, pero no te molestarán. Saben dónde tienen que ir.

David sonrió al ver su rostro asombrado. ¿Niko

ayudando a unos niños a plantar árboles? Antes le habría resultado imposible imaginárselo con un grupo de adolescentes, pero los apasionados momentos en sus brazos le habían mostrado una parte diferente de él... ¿una parte en la que podía confiar?

—Se le dan muy bien los chicos —dijo David sin perder la sonrisa—. Los trata como adultos, pero se asegura de que no se dejen llevar por las tonterías —cuando se dio la vuelta para irse, dijo—. Por cierto, Patty está en el dentista. ¿Podrías contestar al teléfono si llaman? Solo recibir el mensaje.

—Sí, por supuesto.

Elana volvió al despacho. Sentía que estaba empezando a entender a Niko Radcliffe, pero casi todos los días aprendía algo sobre él que descabalaba sus percepciones anteriores. Poco a poco, con cuidado y casi a regañadientes, estaba aprendiendo a confiar en él. La noche anterior, durante la cena en casa de los Nixon, le contaron la donación tan generosa que había hecho para la residencia de jubilados de Waipuna.

—Está haciendo grandes cambios —comentó la señora Nixon—. Y no solo económicos.

Una hora más tarde, cuando sonó el teléfono, Elana descolgó y dijo con tono serio:

—Granja Mana.

La persona que llamaba era una mujer con acento inglés seco y abrupto que dijo:

—Quiero hablar con Niko Radcliffe.

—Lo siento, no está aquí —respondió Elana sobresaltada—. ¿Quiere dejar algún mensaje?

—No. ¿Tú quién eres? ¿Su secretaria?

No había necesidad de ser tan maleducada.

–No.

–Ah, su última novia, supongo –dijo con tono alterado–. Si ese es el caso, ten cuidado. Es un bruto. Y no solo verbalmente. Ten cuidado con sus puños si le enfadas.

Asombrada, Elana abrió la boca para hablar, pero ya era demasiado tarde. La otra mujer había colgado. Sentía ganas de vomitar. Colgó el teléfono y se puso de pie con piernas temblorosas. Sentía un frío helador en el estómago y en la piel. Se acercó temblando a la ventana y la abrió. ¿Quién diablos había llamado? Una mujer que conocía a Niko, al parecer. Y que parecía tener buenas razones para odiarle. Había hablado escupiendo veneno, pronunciando las palabras como si fueran flechas.

Elana se estremeció, como si algo único y valioso se hubiera hecho añicos. Se había permitido incluso creer que podría confiar en él... sus náuseas se intensificaron y se convirtieron en un dolor tan fuerte que superó toda molestia física que había experimentado en su vida. Otra vez no, pensó destrozada. En un mundo lleno de hombres decentes, ¿por qué estaba condenada a toparse con los maltratadores? Primero su padre, que pegaba a su madre. Y luego Roland, que no soportaba que no estuviera pendiente de él en todo momento.

Por mucho que lo intentara no podía imaginar a Niko pegando a una mujer. Pero tampoco había visto las señales de advertencia cuando se enamoró de Roland. Había tardado varios meses en darse cuenta de que su constante crítica, su exigencia de que le dijera siempre dónde estaba y con quién, sus días de helado silencio cuando consideraba que le había desobedecido, todo procedía de un abuso que la estaba dejando sin confianza en sí misma.

Pero quejarse al respecto no iba a solucionar nada. Lo que tenía que hacer era asegurarse de que no volvería a rendirse a sus instintos más bajos. Y mientras tanto tenía trabajo que hacer. Se sentó al escritorio y trató de centrarse en absorber la descripción de los preparativos de una fiesta victoriana en el jardín de la casa, escrita por la hija de dieciocho años de la familia. Hasta que fue interrumpida por una voz a su espalda, fría y grave y que reconoció al instante.

–Debe ser una lectura fascinante.

A Elana le saltó el corazón dentro del pecho y los dedos se le quedaron congelados en el teclado.

Había estado temiendo aquel momento. Se dio la vuelta despacio y se preparó.

–No –dijo añadiendo estúpidamente–, no he oído el helicóptero.

–Está en revisión. Dave me ha recogido en el aeropuerto –Niko frunció el ceño–. ¿Qué te pasa? Parece como si hubieras visto un fantasma.

–Nada –respondió Elana automáticamente.

Los pensamientos se le cruzaban por la mente, ninguno de ellos tenía mucho sentido. Tragó saliva y balbuceó:

–No te esperaba. Pensé que dijiste que ibas a estar fuera dos semanas, pero solo ha pasado una.

Entonces se detuvo, mortificado porque ahora Niko sabía que estaba contando los días. Así que se apresuró a añadir:

–Escuché el coche, pero pensé que era la señora West que volvía del dentista –«díselo ahora»–. Alguien llamó hace un rato. A juzgar por el acento, parecía inglesa. No dejó ningún mensaje.

Alarmada, Elana le escudriñó el rostro para encontrar alguna señal de que esperaba la llamada. Su expresión no decía nada.

–Si es importante, volverá a llamar –dijo Niko con indiferencia. Y se acercó para mirar el libro viejo que tenía ella abierto en el escritorio–. ¿Qué es esto?

Con todos los sentidos avizor, Elana tragó saliva antes de decírselo. Rezó para que se marchara y no tuviera que soportar el sutil aroma de su piel, almizclado y muy viril, algo que recordaba muy bien de su encuentro amoroso.

–Es fascinante –terminó–. Me alegro mucho de que estos documentos se hayan salvado. Me pregunto qué habrían hecho los antiguos dueños de Mana con ellos si hubieran sabido de su existencia. Seguramente quemarlos. Veían Mana solo como una inversión.

–¿Crees que es así como la considero yo?

Elana sacudió la cabeza sin necesidad de pensar.

–No, he visto los cambios que has hecho aquí. Nadie que viera este lugar como un sitio que explotar habría devuelvo la vida a la casa –hizo una pausa y luego añadió–, ni habría organizado la visita de un grupo de escolares para venir a plantar árboles y evitar la sedimentación del estuario.

–Y, sin embargo, detecto en ti un cierto tono de reserva –observó él–. ¿Por qué?

«Vete», le urgió Elana en silencio. Su cercanía la afectaba como una caricia física, la piel se le apretaba y una sensación salvaje la recorría acelerándole el pulso y dejándola sin aliento. Volvió a tragar saliva.

–Despedir al señor Percy fue... poco afortunado.

Niko le dirigió una mirada dura.

–Te diré por qué ya no trabaja aquí. El dueño anterior no era el único que se estaba llevando el dinero de Mana. El director también.

Elena estaba tan asombrada que no supo qué decir. Niko siguió hablando.

–Su mujer no lo sabe, y no tengo intención de decírselo. Pero desde luego, no puedo confiar en él.

–No –murmuró ella embotada–. Por supuesto que no.

Para inmenso alivio de Elana, Niko dio un paso atrás.

–Te dejo trabajar –le dijo él–. ¿Comes conmigo?

Ella vaciló un instante y luego dijo:

–Patty ha estado en el dentista, no creo que se sienta bien como para preparar la comida.

–Puedo hacerla yo –afirmó Niko con una sonrisa irónica–. Comeremos en la terraza.

Y se marchó dejando a Elana sin energía.

Cuando ella escuchó la puerta cerrándose dejó escapar un suspiro mientras una mezcla de emociones que apenas lograba controlar luchaban por la supremacía. El impacto de haberle vuelto a ver de forma tan inesperada se mezclaba con el dolor por la pérdida de confianza.

¿Se habría tomado Niko su completa rendición como una señal de que su apasionada relación continuaría cada vez que él estuviera en Mana? No parecía ser así. No hubo en su voz ni en su expresión ninguna señal de deseo. Elana se dijo que se alegraba. Pero las horas de locura pasadas entre sus brazos la habían cambiado de un modo que no se sentía preparada a examinar. Su ternura la había conmovido profundamente y había acarreado confianza... una confianza completamente destruida por la llamada de teléfono.

Elana se prometió que aquel recuerdo la mantendría a salvo. Después de todo, Niko no iba a estar mucho tiempo en Mana.

A mediodía se levantó y se dirigió a la puerta. No tenía ni idea de en qué terraza iban a comer, pero se dirigió a la que conocía. Y allí estaba la mesa puesta para dos, mirando hacia el estuario. La señora West se movía bajo el sol con una bandeja en la mano.

–Hola –la saludó Elana–. ¿Qué tal ha ido la cita en el dentista?

–Muy bien –contestó la otra mujer con una sonrisa–. Por suerte los dentistas de ahora no son como los de antes –dejó la bandeja en la mesa y sonrió hacia alguien que estaba detrás de Elana–. Hola, Niko. Bienvenido.

Elana tuvo que contenerse para no llevarse una mano al corazón. Niko se había cambiado de ropa, pero incluso con los vaqueros y la camisa informal que rebelaba la fuerza de sus musculosos brazos, seguía siendo un sofisticado magnate. Y a pesar del miedo que la había llevado a tomar la decisión de no retomar ningún tipo de relación con él, la parte más primitiva de su cuerpo se alegraba de haber decidido recibir aquel día de verano con un vestido en tono ámbar que le quedaba muy bien.

Cuando la señora West se marchó, Niko y ella tomaron asiento. Les había dejado preparada una espléndida comida con pescado y una ensalada de tomates a la plancha. ¿Cómo diablos lidiaba la gente con aquel tipo de situaciones? Con calma, sentido común y fuerza de voluntad. Y con conversación, por muy banal que fuera. Así que dijo:

–En uno de los diarios hay una descripción de la boda de uno de los hijos. Se casó en Waipuna, pero la celebración se hizo aquí, y al parecer fue un gran acontecimiento.

–Suena como si estuvieras disfrutando de hurgar en el pasado.

–Así es –dijo Elana aliviada al ver que la conversación se apartaba de temas personales.

–¿Qué crees que habría que hacer con todos esos documentos cuando hayas terminado con ellos? –quiso saber Niko.

–Al museo local le encantarían –dijo ella–. Pero lo llevan voluntarios, y creo que estos documentos deberían estar en un lugar protegido. Cuando se hayan digitalizado el museo podría quedarse con una copia.

En aquel momento apareció la señora West con una bandeja.

–Café y té –anunció alegremente dejándola sobre la mesa.

Niko miró a Elana. Hubo algo en su mirada que encendió las llamas en su interior.

–¿Té? –le preguntó él.

La tensión inicial de Elana se había suavizado para convertirse en una peligrosa sensación de compañerismo, pero tuvo que hacer un esfuerzo para ofrecerle lo que esperaba que fuera una sonrisa alegre.

–Sí, gracias.

Él escogió café, y cuando la señora West se mar-

chó lo sirvió. Elana observó sus manos, unas manos
que le habían proporcionado aquel placer tan exquisito. Una vez más se sintió invadida por aquel extraño
y poderoso destello de *déjà vu*, como si reconociera
aquel jardín, aquella casa... y a aquel hombre. Como
si fueran muy importantes para ella. Le temblaron las
manos. Confiando en que Niko no se hubiera dado
cuenta, aspiró con fuerza el aire y miró a su alrededor,
hacia el jardín, antes de mirar de reojo al otro lado de
la mesa. Las mejillas se le sonrojaron cuando se encontró con los ojos semicerrados de Niko. Experimentó una extraña sensación dulce y tirante.

–Tómate el té –le dijo Niko con voz áspera–. Luego
te llevaré a casa.

Elana estuvo a punto de asentir. Pero se contuvo
justo a tiempo. Supo al instante lo que pasaría cuando
llegaran a su casa. Su cuerpo ansiaba lo que le estaba
ofreciendo, se moría por rendirse a la promesa de sus
ojos. Y su loca mente también lo deseaba, lo deseaba
con un ansia que amenazaba con borrar cualquier débil vestigio de sentido común, con ignorar la voz en
su interior que le recordaba que no podía confiar en
aquel hombre.

Tenía miedo de confiar en él. Pero más todavía de
confiar en sí misma. Se le secó la garganta, pero consiguió decir:

–Ahora mismo estoy trabajando.

–Creo que puedo arreglar eso.

Con la mirada atrapada en la suya, consiguió mantenerla y sacudió la cabeza. Dos veces.

–No.

Capítulo 9

FUE MÁS un graznido que una palabra, pero Niko lo entendió. A juzgar por los hombros rígidos de Elana y su barbilla desafiante, lo que quería decir era: nunca más. La fiera rabia que se apoderó de él le llevó a guardar silencio mientras trataba de recuperar el control.

Lo que siguió fue todavía más perturbador... una emoción tan poderosa que casi le abrumaba.

¿Consternación? No, algo mucho más que eso. Aspiró con fuerza el aire y se dijo con ironía que había caído en la típica trampa del playboy dando por hecho que el dinero y el poder podrían conseguirle a cualquier mujer. No a esta.

Una extraña sensación de alivio le pilló completamente por sorpresa. Otra cualidad que descubrir en aquella mujer intrigante... no se la podía comprar.

Tras mirar de reojo los duros contornos de su rostro, los labios apretados y la mirada oscurecida, Elana se preparó para la respuesta de Niko: rabia, desprecio. Pero cuando él habló lo hizo con voz pausada y sin inflexiones.

–Me he dado cuenta de que has estado utilizando el coche.

–Solo para bajar cuando llueve –le dijo ella con el mismo tono de voz carente de expresión–. La mujer de uno de los trabajadores ha encontrado trabajo en Waipuna, así que bajo con ella los días que trabajo en la tienda.

El resto de la conversación se desarrolló de modo educado e impersonal. Niko le enseñó los planos del paisajista que había contratado para devolverle a los jardines su gloria anterior.

Una vez de regreso a su despacho se dejó caer en la silla frente al ordenador para ordenar sus pensamientos. Pero no lo consiguió. Resistirse a Niko le había costado un gran esfuerzo, todas las células de su cuerpo exigían una renovación del placer sexual que sabía que él podía darle. Pero lo había conseguido, y Niko sabía ahora que ella no estaba en el mercado para tener una aventura, así que podía relajarse. Estaba a salvo.

Aunque no se sentía a salvo. Se sentía desolada. Niko no le había dicho por qué había vuelto antes, pero su fría actitud dejaba claro que lo que sentía por ella no significaba nada. Sus mundos se habían encontrado, pero no podía tener ninguna conexión con un hombre con un pedigrí kilométrico y una mujer trabajadora de un pueblecito de Nueva Zelanda. Con un poco de suerte, Niko dejaría pronto Mana y se dirigiría a algún lugar exótico donde mujeres hermosas con bikinis de diseño le valorarían mucho más de lo que ella se atrevía a hacer.

Cuanto antes mejor. Tuvo que concentrarse mucho para hacer progresos con el documento en el que estaba trabajando, pero finalmente llegó el momento de recoger las cosas y volver a casa. Pero apagó el ordenador con algo parecido a la angustia en el estómago, una sensación que se intensificó cuando salió. Niko estaba al lado del coche, y cuando Elana se acercó a él le dirigió una mirada fría, como si estuviera observando un coche que quisiera comprar, pensó resentida.

Niko la miró preguntándose cómo diablos podía crear semejantes estragos en él. Una palabra de Elana pronunciada con brutal sequedad le había dejado claro que no quería ir más lejos en su relación. Si es que algunas horas en la cama podían llamarse relación. Por supuesto que no. Había sido una aventura, nada más, y pronto superaría aquel clamor de emociones.

Consultó el reloj y dijo con frialdad:

—Te debo cinco minutos extra.

Elana se encogió de hombros.

—No. Eso es lo que he tardado en llegar hasta aquí desde el despacho. Es una casa muy grande.

—En la época victoriana daban por hecho que iban a tener familia numerosa —dijo Niko abriéndole la puerta del coche.

Verla subirse al vehículo con aquella elegancia despertó algo potente en su interior. Maldición, la deseaba locamente. Pero Elana no sentía lo mismo. ¿Se arrepentía? Era posible. Pero no era virgen. Y en sus brazos se convirtió en una criatura de fuego y pasión, una mujer sensual y salvaje.

Podría haber otro hombre, por supuesto. Tal vez su amigo el policía, aunque estuviera casado. Molesto por el destello de resentimiento que aquello le provocó, Niko cerró la puerta tras ella antes de rodear el coche. Se detuvo un momento y clavó la mirada en la casa, ahora tan gloriosa como cuando fue construida un siglo atrás. Luego examinó el jardín, que todavía necesitaba ser rescatado.

No había sido capaz de quitarse a Elana de la cabeza cuando estuvo fuera, y estaba deseando volver a verla otra vez. Maldición, corría el peligro de empezar a hacer el idiota por ella. «Se llama rechazo», pensó con sarcasmo. «Y no es la primera vez que te pasa».

Cuando era adolescente le rompieron el corazón un par de veces, pero aprendió a lidiar con ello. Su ego estaba sufriendo, aunque no, era algo más que el ego; pero lo que hubiera llevado a Elana a recular no era asunto suyo, sino de ella. Aunque tenía que asegurarse de una cosa. Mientras salían por la entrada de piedra de Mana, le preguntó:

–¿Estás completamente segura de que no estás embarazada?

Sintió cómo ella se ponía tensa a su lado. Tras un instante, dijo con sequedad:

–Cien por cien segura.

–Bien –dijo Niko. Y lo dejó ahí.

El silencio se alargó entre ellos hasta que llegaron a casa de Elana. Ella puso la mano en el tirador de la puerta y dijo sin mirarlo:

–Gracias por prestarme el coche, pero ya no lo necesito. Es un paseo muy agradable caminar hasta Mana, y el ejercicio me hace bien.

Niko controló el tono de su respuesta con una mezcla de frustración y de rabia.

–Si llueve alguien irá a buscarte y te llevará a casa.

Elana frunció el ceño, abrió la puerta y salió del coche.

–No será necesario. Tengo impermeable.

Niko necesitó de todo su autocontrol para no apretar los dientes. Al mirarla al lado del coche con los hombros estirados, la sensual boca apretada y la mirada inflexible, supo que salir del coche para decirle que era una obcecada no iba a cambiar su decisión.

–Pero gracias por la oferta –continuó Elana–. Y por traerme a casa.

–Ha sido un placer –replicó él escuetamente.

Y puso el coche en marcha, saludando con la mano por la ventanilla abierta mientras se marchaba.

Rota de nuevo por aquellas emociones enfrentadas, Elana se rebeló contra el arrepentimiento que amenazaba con hundirla y se giró para volver a entrar en la casa. Debería haberla sentido como el refugio que siempre fue, pero le apreció extraña, solitaria, carente de recuerdos... No, eso tampoco. Un recuerdo estaba grabado en su cerebro, en su piel, en cada célula de su cuerpo. Cada vez que entraba se acordaba de la apasionada forma de hacer el amor de Niko, la voluptuosa excitación que despertaba en ella, el embriagador deseo al que había sucumbido sin ningún miedo. Y la ternura con la que la había abrazado después, la adormilada caricia de sus manos por su piel sensibilizada, la seguridad que sintió tumbada junto a él.

Una sensación de dolor se mezcló con el miedo.

–No –susurró.

No podía ser tan tonta. Aquello no podía ser amor... aspiró con fuerza el aire.

–No –repitió con más firmeza.

Elana no era tonta. Sí, Niko era un amante fantástico. ¿Con cuántas mujeres se había acostado para ser tan bueno? Con cientos, probablemente. Pero había entendido su rechazo, y no se había mostrado desilusionado por ello aunque tal vez supusiera un impacto para él.

Recibió de buen grado la interrupción del teléfono.

–Ah, señora Nixon –dio dándole la bienvenida a aquella voz familiar y amiga.

–Hola, querida. Hace mucho tiempo que no te veo, aparte de dos palabras que cruzamos en la tienda. ¿Por qué no comemos juntas en el café que hay al lado del río y nos ponemos al día? Yo te recojo y te llevo luego a casa. ¿Qué te parece el sábado? Así podemos ir al mercado antes de comer.

Una vez arreglado, Elana colgó, contenta de tener algo normal y cotidiano a la vista. El conde Niko Radcliffe había estado ocupando demasiado espacio en su mente. Y comer con la señora Nixon siempre era divertido. Al menos se pondría al día de los cotilleos locales y también internacionales. Hasta entonces, evitaría a Niko todo lo que pudiera. Y no pensaría en él. Lamentablemente, eso era más fácil de decir que de hacer.

Aunque Niko pasaba la mayor parte del tiempo que estaba en Mana en las tierras con el director de la granja, Elana no podía evitar comer con él, y con frecuencia tomar también el té por la tarde. Siempre era un compañero estimulante, y la trataba con una cortesía que a ella le resultaba extremadamente dolorosa. Desgraciadamente, cada ocasión reforzaba su absurdo deseo de recibir más de lo que Niko podía darle.

Elana se despreciaba a sí misma por ello. No solo era vergonzoso, sino también humillante. Creía que se le había roto el corazón cuando Roland mostró su auténtica cara, pero el alivio fue más poderoso. Sin embargo, ahora, cada noche que se metía en la cama le volvían los recuerdos de placer y se apoderaban de sus sueños. En más de una ocasión se despertó envuelta en lágrimas y sollozando.

—Aguanta —se dijo con firmeza—. Solo es un capricho. Niko no te añora.

Pero Elana se moría por él... era un ansia permanente que no mostraba señales de calmarse, un deseo salvaje que se negaba a desaparecer. Cuanto más tiempo compartía con él, más potente se volvía el deseo.

Así que comer con la señora Nixon era un alivio. El café daba a las cataratas, un muro de lava antigua solidificada situado al principio del estuario por el que caía el río en una pila rodeada de manglares. Sin mirar la carta, la señora Nixon anunció:

—Voy a tomar el pescado con patatas.

El pescado con patatas del café venía con una ensalada y mayonesa casera, y tenía mucha fama en Waipuna. Cuando las dos hubieron pedido, la señora Nixon se inclinó hacia Elana y dijo:

–Y mientras esperamos puedes contarme qué opinas del conde ahora que le conoces.

Elana vaciló y luego tomó una decisión:

–Decidido, muy astuto, contenido y con capacidad para apreciar tanto Mana como el tesoro de los documentos que se han encontrado allí.

Y un superamante...

Su compañera asintió.

–Bien. ¿Qué te parece su idea de formar un grupo de conservación de kiwis en la península?

–La encuentro excelente –aseguró.

Mientras esperaban a que llegara la comida, la señora Nixon dijo en tono confidencial:

–Me has dado tu opinión pública sobre la personalidad de Niko Radcliffe. Ahora, solo para mis oídos, ¿qué piensas de él?

Elana se rio.

–Básicamente lo mismo. En cualquier caso, seguro que tú sabes más de él –contraatacó–. Por la información recogida en las revistas de cotilleos del dentista –se explicó.

La expresión de asombro de la señora Nixon dio lugar a otra de divertimento.

–Oh, no me creo ni la mitad de lo que dicen. Ni siquiera los paparazzi son capaces de controlarlo, pero se dice que está viendo a una aristócrata inglesa.

El dolor atravesó a Elana. Seguramente era la mujer a la que había enviado flores.

–Aparte de eso –continuó la señora Nixon–, ha

donado mucho dinero a un proyecto de conversación del Amazonas no sé dónde.

Elana deseó que Niko no tuviera buenas acciones. Pero que invirtiera grandes sumas de dinero en proyectos de conversación no significaba que debiera ignorar aquella advertencia susurrada al teléfono. Aunque las últimas semanas le habían mostrado un lado diferente de Niko, no podía permitirse creer nada de él que pudiera llevarla a bajar la guardia. Si se permitía hacer eso, tenía la sensación de que le resultaría imposible controlar sus desatadas emociones. Y aparte de vivir uno al lado del otro y de la obvia atracción sexual, ¿qué tenían Niko y ella en común? Nada.

—Tienes una expresión extraña en la cara —le dijo la señora Nixon, sobresaltándola.

Elana se apresuró a recomponer su expresión y trató de sonreír.

—¿Ah, sí? ¿Qué clase de expresión?

—Melancólica, diría yo. Sí. Y un poco triste también.

—A mi madre le gustaba mucho venir aquí —sintiéndose como una cobarde por utilizar el recuerdo de su madre, Elana siguió—, y le sorprendería saber que venir aquí me pone triste. Algo que ella hacía era vivir cada momento de la vida al máximo.

—Sí, así era —la señora Nixon le dio una palmadita inesperada a Elana en la mano—. Este último año ha sido muy duro para ti. Fran y yo hemos estado preocupados por ti.

Conmovida, Elana dijo:

—No tenéis por qué. Me las estoy arreglando.

—Lo sé —la señora Nixon miró detrás de ella—.

Vaya, hablando del rey de Roma... adivina quién asoma por la puerta, y con una mujer muy elegante. Me pregunto si esta es su nueva novia... aunque parece un poco mayor para él.

Elana tragó saliva y sintió un escalofrío en la nuca. Su compañera sonrió por encima de su cabeza.

–Hola, Niko.

–Señora Nixon, Elana.

Elana empastó una sonrisa en la cara y se giró para encontrarse con la mirada de Niko. A su lado estaba la mujer que había visto a su lado en la calle.

–Permitidme que os presente a Petra Curtiss –dijo él con frialdad–. Va a supervisar el rescate de los jardines de Mana.

La señora Nixon sonrió de oreja a oreja.

–Oh, qué maravilla. Antes eran preciosos. ¿Os apetece sentaros con nosotros o preferís hablar de negocios a solas?

Elana se puso tensa. ¿Por qué tenía que ser tan amable? Pero Niko dijo:

–Ya hemos hablado de negocios. Petra está de camino a Auckland, y seguramente le interesará cualquier recuerdo que tengas del jardín.

La mujer que estaba al lado de Niko sonrió.

–Me encantaría escuchar todo lo que pueda contarme.

Niko asintió.

–Entonces nos sentaremos aquí –dijo con tono suave retirando la silla que estaba frente a Elana, lo que significaba que iba a sentarse al lado de ella.

Una tensión exquisita se apoderó de Elana, haciendo jirones sus pensamientos y convirtiéndolos en fragmentos irracionales. Tuvo que hacer un esfuerzo para sonreír cuando Niko se sentó.

«¡Relájate, maldita sea!». Se centró en la conversación entre la paisajista y la señora Nixon, que estaba más que dispuesta a hablar de sus recuerdos del jardín.

Petra tomó notas, hizo preguntas, se disculpó por monopolizar la conversación y los impresionó a todos con su conocimiento de las plantas que podían florecer en un jardín al lado del mar.

—Yo crecí en el mar —explicó Petra—, al norte de Auckland, así que sé bien qué crecerá aquí y qué no —sonrió mirando a Niko—. No te sería tan útil si quisieras que te ayudara a rescatar tu jardín en la granja que tienes en la parte alta del país.

—Afortunadamente, ese está en perfectas condiciones —respondió él educadamente—. Mi padre era más jardinero que granjero.

Elana alzó la vista para mirarlo y se dio cuenta de que la estaba mirando a ella. El corazón le dio un vuelco dentro del pecho y se le aceleró el pulso. Sentía de pronto los labios calientes y llenos. Hizo un esfuerzo por recuperar el control y volvió a bajar la vista hacia la comida.

—El otro día estuve hablando con la madre del joven Jordan —dijo la señora Nixon sonriéndole a Niko—. Me dijo que lo ayudaste mucho.

—Es un chico de buen corazón, y en cierto modo el accidente le ha ayudado a madurar —respondió Niko con modestia.

—Me ha dicho que los fines de semana está trabajando en Mana, ¿es así?

–Está ahorrando para pagarse un curso de conducción segura –Niko parecía ahora un poco aburrido–. Le he dicho que si quiere conducir rápido necesita saber cómo y dónde hacerlo sin matarse ni matar a nadie –cambiando suavemente de tema, preguntó–. ¿Eso que veo ahí es un delfín?

–¡Ah, sí! –Elana se puso de pie y fue seguida al instante por Petra.

El delfín resultó ser dos delfines, una madre y su bebé. Elana los señaló y dijo:

–Me preguntó por qué están solos.

–Yo también me lo estaba preguntando. Normalmente van en grupos, ¿no?

–Sí, los delfines van en grupo para poder proteger a los pequeños.

–¿Se ven muchos por aquí?

–No, aquí no. De hecho nunca. Ah, ahí están los demás.

Hipnotizadas, se quedaron allí mirando mientras otros comensales del café se unían a ellas. Finalmente el grupo de delfines decidió marcharse. Una vez de regreso en la mesa, Elana sintió el cambio en el ambiente. No podía señalar exactamente de qué se trataba, pero tanto la señora Nixon como Niko parecían distintos en cierto modo, y aunque terminaron la comida con una conversación agradable, Elana seguía notando la frialdad. Sobre todo por parte de Niko.

Cuando por fin terminaron de comer contuvo un suspiro de alivio. Pero sintió una punzada de pánico al escuchar a Niko decir:

–Yo te llevaré a casa, Elana.

–Oh, pero...

—Le evitaré a la señora Nixon que tenga que desviarse tanto.

La señora Nixon vaciló, como si no estuviera muy conforme con acceder, pero al mismo tiempo no se le ocurriera nada educado para detenerlo. Entonces asintió.

—Muy bien. Gracias.

—Gracias, Niko —dijo Elana antes de sonreírle a la señora Nixon—. Muchas gracias, ha sido muy agradable.

Cuando todos se hubieron despedido, la señora Nixon se marchó seguida de Petra Curtiss que regresaba a Auckland. Mientras Niko y ella se dirigían al coche, Elana dijo:

—Ha sido muy amable por tu parte darle a Jordan algo en lo que pensar además de ir tocando el claxon por la carretera.

Una vez más Niko volvió a alzar los hombros.

—Es una fase normal en la vida de muchos hombres jóvenes. A él le vendrá bien. Y las carreteras serán más seguras.

Elana se rio con ganas antes de decir:

—Eso espero.

—Deberías hacer eso más a menudo —sugirió Niko deteniéndose al lado del coche para abrirle la puerta.

Ella alzó la cabeza asombrada.

—¿A qué te refieres?

—A reírte —contestó Niko de forma sucinta—. Es un sonido muy bonito.

Elana se sonrojó.

—Gracias —murmuró subiéndose a toda prisa en el asiento delantero.

Niko rodeó el coche y se subió, pero en lugar de arrancar el motor se giró para mirarla.

–¿No te lo había dicho nadie antes?

–No que yo recuerde –murmuró ella, sintiéndose extrañamente avergonzada.

Aliviada cuando arrancó el motor, se puso el cinturón y miró con determinación hacia delante mientras se dirigían a Mana, preguntándose por la sorprendente amabilidad de Niko hacia Jordan. Y por el proyecto de recuperación de kiwis con el que estaba trabajando en colaboración con los otros dueños de las granjas de la zona. Era un hombre complejo, difícil de entender, claramente generoso y con una mentalidad solidaria.

Y le resultaba imposible olvidarse del recuerdo de su ternura cuando hacían el amor... y, sin embargo, según la mujer que había llamado por teléfono, también era capaz de ser violento. Un escalofrío le recorrió la espalda.

–¿Qué ocurre?

La repentina pregunta de Niko la pilló por sorpresa.

–Nada –respondió tras un instante de vacilación.

Niko miró de reojo su perfil. En aquel momento no revelaba nada, pero seguramente estaría pensando en los seres queridos que había perdido en aquel accidente de coche.

–¿Cómo es posible que la señora Nixon sepa todo lo que sucede en el distrito? –quiso saber.

–Es que nació y creció aquí, y conoce a todo el

mundo. Tiene muy buen corazón y la gente confía en ella. Te habrás dado cuenta de que nunca habla mal de nadie.

—¿Por eso le has contado que hicimos el amor?

Elana se giró para mirarlo con expresión petrificada.

—¡No se lo he contado!

—Seguramente te conoce tan bien que lo ha adivinado.

Lo dijo en aquel tono sin expresión que Elana tanto odiaba, una voz que dejaba claro que no la creía.

—Cuando estabas con Petra mirando los delfines en la bahía, la señora Nixon ocupó ese tiempo para advertirme de que estás en un estado de fragilidad emocional.

Elana lo miró asombrada. El rostro de Niko no reflejaba nada.

—Por el amor de Dios —dijo ella—, ¿y por eso das por hecho que le he abierto mi corazón de colegiala y se lo he contado?

Niko se encogió de hombros.

—Está claro que te tiene mucho cariño, y tú a ella. ¿Por qué?

—¿Por qué le tengo cariño? Porque...

—¿Por qué se lo has contado? —la cortó Niko sin ningún miramiento.

Elana aspiró con fuerza el aire y dijo apretando los dientes:

—No le he contado nada. ¿Por qué diablos iba a hacerlo?

—¿Y cómo voy a saberlo yo?

—Ella me conoce muy bien —afirmó Elana echando

humo–. Y seguramente haya notado un ligero cambio en mi actitud hacia ti y habrá sacado sus propias conclusiones. Te puedo asegurar que yo no le cuento ni a mis amigas más cercanas con quién me acuesto... sobre todo cuando me arrepiento de mi estupidez.

Capítulo 10

ELANA se arrepintió de sus furiosas palabras nada más pronunciarlas.

–Bueno, no quería decir eso, yo... ya sabes cómo estaba... después –se detuvo, volvió a tomar aire y continúo con más calma–. Niko, no tengo nada contra tus habilidades como amante. Solo me arrepiento de haberme permitido a mí misma ir tan lejos.

Niko guardó silencio durante unos instantes. Luego dijo:

–Me creo que no le hayas contado nada a la señora Nixon. Me he equivocado y lo siento.

Elana lo miró asombrada.

–No pasa nada.

–Supongo que decirle que se ocupe de sus propios asuntos no serviría de nada, ¿verdad?

–Me temo que no –reconoció Elana con cierta ironía.

–Espero haber conseguido calmar sus miedos.

Desesperada por cambiar de tema, Elana le preguntó:

–¿Tú tienes muchos parientes?

–Bastantes. La mayoría por parte de mi madre, y primos y una tía por parte de padre.

–¿Y tienes algún puesto oficial en San Mari?

Elana lamentó al instante haber hecho aquella pregunta. Pero a Niko no pareció resultarle impertinente.

–Tengo obligaciones como hijo de mi madre y conde de un principado. Mi presencia es requerida en ocasiones oficiales importantes, y tengo mis propios aposentos en palacio.

Elana guardó silencio mientras recorrían los últimos kilómetros. Bastantes parientes y bastantes amantes también... y al menos una de ellas llena de deseos de venganza. La idea provocó que le doliera el corazón. Cuando el coche se detuvo ante la puerta de su casa, reunió todo su autocontrol y dijo:

–Gracias por traerme.

–Te acompaño a la puerta –respondió Niko con brusquedad.

¿Solo a la puerta? Una parte insensata de ella se cubrió de desolación. «No», se dijo a sí misma enfadada. «No quieres una repetición de la última vez que estuvo aquí». Ni ahora ni nunca. Era demasiado peligroso. Y lo que aquella noche le parecía inevitable y correcto, a la cruel luz del día siguiente resultaba un recuerdo vergonzoso de su rendición a un impulso primitivo y descontrolado, una rendición tan impropia de su carácter que quería apartarla al rincón más lejano de su mente, borrarla completamente. Pero sabía que nunca sería capaz de hacerlo.

–No hace falta, Niko –dijo en lo que esperaba fuera un tono educado y no asustado.

Él se bajó sin responder y le abrió la puerta mientras Elana se quitaba el cinturón.

–Gracias –dio ella saliendo mientras pasaba por delante de su figura en dirección a la puerta.

«Márchate, por favor», le rogó en silencio mientras intentaba meter la llave en la cerradura.

—Dame la llave —le pidió él desde atrás.

—No pasa nada. No sé por qué se está atascando.

Niko extendió la mano y le agarró la muñeca.

—¿Qué te pasa?

—Suéltame.

Él lo hizo al instante. Y luego murmuró con un tono completamente distinto:

—No pasa nada, Elana. Cálmate.

Finalmente logró meter la llave en la cerradura, giró y abrió la puerta. Dio un paso para entrar en la casa y se obligó a sí misma a darse la vuelta. Niko tenía el ceño fruncido y los labios apretados.

—Estás asustada —dijo dando un paso atrás—. ¿Por qué? ¿Crees que te haría daño?

—¿Lo harías? —inquirió ella antes de pararse a pensar.

—Yo no hago daño a las mujeres —afirmó Niko con frialdad.

A pesar de la llamada de teléfono, el tono completamente disgustado de su voz casi la convenció de que le estaba diciendo la verdad. Pero le daba miedo terminar de creérselo.

—No tengo miedo de ti —aseguró.

No. De quien tenía miedo era de sí misma. De hecho, estaba aterrorizada. Porque se estaba enamorando de él... no solo no confiaba en él, no podía confiar tampoco en ella.

Con el ceño todavía fruncido y la mirada fija, Niko insistió.

–Entonces, ¿de qué va todo esto? Sí, estaba molesto cuando creí que podrías haberle contado lo que pasó a la señora Nixon, pero más por ti que contigo. Aunque tenga buen corazón es una cotilla. Los pueblos pequeños tienden a ser conservadores.

–Será cotilla, pero tiene buena intención. Aunque sospeche lo que pasó entre nosotros no lo va ir contando por ahí. Tu reputación está a salvo.

Niko se encogió de hombros.

–No me importa mi reputación. Resulta que la que me importa es la tuya –se detuvo–. Pareces sorprendida.

Lo estaba. Y extrañamente conmovida. Antes de que pudiera contestar, Niko continuó.

–Tú vives aquí y tendrás que cargar con los cotilleos si es que surgen. No quiero que sufras por lo que sucedió entre nosotros.

–No sufriré por ello –afirmó Elana con la voz más firme que pudo–. Puede que la gente de Waipuna sea conservadora, pero no me arrojarán a la hoguera por haber tenido relaciones sexuales sin casarme.

Y sintió una punzada de placer al ver que él alzaba las cejas.

–¿Relaciones sexuales? –repitió Niko con un tono que le provocó escalofríos eróticos por la espina dorsal–. Yo prefiero el término «hacer el amor».

Y entonces la atrajo hacia sí y la rodeó con sus brazos de un modo del que Elana podría liberarse fácilmente si quisiera. Pero no quería.

–Dime que me vaya... solo si quieres que lo haga.

–No quiero.

En algún lugar del último rincón de su cabeza, tan

lejos que no tenía poder, una vocecita susurró: «¿qué estás haciendo?» Elana se estremeció al sentir la fuerza de su cuerpo contra el suyo, el modo en que sus brazos la rodeaban, como si fuera algo valioso para él. Y entonces recordó la advertencia susurrada por la voz al teléfono sobre su violencia y se puso rígida.

Niko la soltó al instante y dio un paso atrás, observándola con la mirada oscurecida.

–¿No? –le preguntó él con voz dura y fría.

–Lo siento –murmuró Elana reuniendo todo su valor.

–No hay nada que sentir –afirmó Niko con sequedad–. Y no hace falta que pongas esa cara. Me voy.

Niko se dio la vuelta y se alejó.

¿Qué diablos estaba pasando allí? Elana había sido fuego entre sus brazos, la mirada sensual y entrecerrada en muda invitación, la boca suave y expectante. Y, de pronto, con una rapidez que le había sorprendido, aquella voluptuosa rendición fue sustituida por algo que parecía muy cercano al pánico. ¿Por qué? Cuando hicieron el amor no había miedo en ella, nada más que una rendición colmada de éxtasis que le había perseguido desde entonces. La idea de que pudiera tener miedo de él le paralizaba. ¿Habría leído algo en las revistas que le hiciera tener dudas respecto a él? Por primera vez en su vida se arrepintió de sus anteriores amantes. Sus emociones daban vueltas en un torbellino de asombro y rabia... y de algo más, una sensación que no había experimentado nunca antes.

Necesitaba tiempo para analizar lo que le estaba pasando.

Elana le vio marcharse y algo se rompió dolorosamente en su interior. Un deseo poderoso la debilitó mientras el vehículo desaparecía doblando la esquina. Se dio la vuelta y volvió a su casa con las lágrimas surgiéndole tan deprisa que tuvo que detenerse y secárselas antes de poder cerrar la puerta y relajarse en el silencio y la tranquilidad de su casa.

Se preparó una taza de té y se sentó en el porche, mirando sin ver las calmadas aguas del estuario mientras se decía a sí misma que había hecho lo correcto. Pero mientras se preguntaba de dónde había sacado el valor para mantenerse firme, se preguntó también si la mujer que le había dicho que podía ser violento no estaría intentando vengarse de Niko. Porque cada vea que Elana decía que no, Niko había aceptado sus rechazos con fría ecuanimidad y sin asomo de rabia.

Al día siguiente tendría que volver a Mana y seguir trabajando en los documentos. Niko estaría allí. ¿Cómo la recibiría? ¿Y por qué tenía la sensación de que todas las cosas buenas de su vida tenían que terminar? Nunca había sentido algo así antes. Ni siquiera cuando creía estar enamorada de Roland, cuando se permitió soñar una vida con él para luego ver aquellos sueños evaporados. En comparación con las emociones que tenía ahora, sus anteriores historias habían sido pálidas y carentes de vida.

El sonido del teléfono la llevó a entrar en la casa.

Llegó casi jadeando y se quedó todavía más sin aliento al escuchar la voz de Niko.

–Me voy en breve –le dijo con tono seco–. No sé cuánto tiempo estaré fuera. ¿Por dónde vas de la transcripción de los documentos?

Elana intentó replicar con el mismo tono profesional que había utilizado él.

–Calculo que falta un mes de trabajo. Tal vez seis semanas, a menos que aparezcan más.

–Estaré en contacto contigo. Si necesitas algo mándame un correo, ¿de acuerdo? Adiós, Elana.

–Adiós, Niko. Buen viaje.

Elana colgó sintiendo un nudo en el corazón. Así que eso era todo. Adiós. La voz de Niko fue totalmente fría, carente de emoción, como para que ella entendiera que había aceptado su decisión de no ir más allá en su relación. Eso era lo que Elana quería, lo sensato. Lo seguro. Pero dolía. Tuvo que parpadear para que no le cayeran las lágrimas.

Durante las siguientes semanas, Elana tenía la sensación de que iba caminando sonámbula por la vida. Por suerte, aparte de la señora Nixon, que le preguntó angustiada varias veces si se encontraba bien, nadie pareció darse cuenta. La vida seguía adelante mientras ella trabajaba en los documentos de Mana, arreglaba flores en la tienda, escribía artículos sobre las iglesias antiguas del norte para una revista, se ocupaba del jardín y soportaba las duras y grises semanas.

Cada noche se prometía a sí misma que aquella sería en la que dejaría de soñar con Niko Radcliffe, pero se levantaba por la mañana con las mejillas húmedas por las lágrimas. Niko y ella se comunicaban, pero cada vez que lo veía en la pantalla se le rompía el corazón.

Fran la visitaba e insistió en quedare con ella varias noches. Le dijo que necesitaba comer más y tomar más el sol.

—Y además parece que has perdido peso. ¿Qué te pasa? ¿Estás enamorada y no marcha bien?

La actitud sensata de Fran seguramente le sería de ayuda, pero por una vez no podía confiarse a ella.

—Estoy bien —afirmó con certeza—. He estado muy ocupada, y estar con la nariz metida en un fajo de documentos antiguos no ayuda a conseguir un bronceado decente.

Su amiga la miró con recelo.

—De acuerdo, no quieres hablar. Pero será mejor que empieces a animarte o mamá meterá mano en el asunto.

Irritada y conmovida a la vez, Elana se las arregló para sonreír.

—Ya estoy temblando —dijo.

Las dos se rieron, y para su alivio, Fran no dijo nada más. Cuando su amiga se marchó, Elana admitió para sí misma que tal vez su corazón estuviera sufriendo, pero no estaba roto. Una aventura de una noche no podía significar que se hubiera enamorado de Niko Radcliffe. Sin duda cuanto más tiempo estuviera lejos, más fácil sería acabar con aquel anhelo tan doloroso.

Nadie había mencionado una fecha para su regreso, y ella no lo iba a preguntar.

Cuando terminara los documentos en Mana ya no tendría un recuerdo constante de Niko.

El día que llegaron los alumnos del instituto para plantar más arbustos y árboles, Patty West la recibió en la puerta de la casa. Elana sonrió y se unió a ella para saludar con la mano al minibús cargado de chicos.

—Será mejor que yo también me ponga a trabajar —dijo la señora West

—A mí ya no me queda mucho aquí —murmuró Elana—. Ya casi he terminado.

—Te echaremos de menos —la otra mujer alzó la vista al escuchar el sonido de otro motor.

—Bien, aquí viene mi hombre. Tiene cita con el médico y yo tengo que hacer compra. Pero volveremos a la hora de comer.

—¿Quieres que conteste a las llamadas?

—No creo que haya ninguna, pero si así fuera te lo agradecería.

Una hora más tarde, Elana levantó la cabeza al escuchar el imperativo sonido del teléfono.

—Granja Mana.

—Elana, soy Rangi Moore —la profesora del grupo de plantación. Parecía angustiada—. Tengo una niña que no se siente muy bien. Casi se desmaya y está muy pálida. No puedo dejar al resto del grupo solo, y no puedo ponerme en contacto con sus padres porque han ido a Whangarei a una cita con el contable y tienen el móvil desconectado, ¿podrías pedirle a la señora West que cuidara de ella? Está haciendo muchísimo calor aquí.

–Los West no están ahora, pero yo puedo ir a recoger a Sarah. Puedo llevármela a mi casa y tú la recoges allí cuando volváis al instituto.

–Eso estaría bien. Pero quizá sería mejor todavía que te quedaras con ella en Mana. Sus padres saben que estamos aquí.

–Sí, seguramente sí.

Cuando Elana llegó al lugar en el que estaba el grupo, la niña y la profesora ya la estaban esperando. Sarah, que era muy alta para sus doce años, se agarraba a la mochila como si fuera un salvavidas, y estaba muy pálida.

Una vez en Mana, Elana la guio hasta la terraza y la ayudó a tumbarse en una hamaca a la sombra.

–Te traeré una almohada y un vaso de agua.

Sarah se estremeció.

–No quiero beber nada, gracias –dijo en un hilo de voz cerrando los ojos–. Me duele la cabeza.

–Veré si puedo darte algo. ¿Has tenido dolores de cabeza antes?

La niña asintió.

–Mi madre me da aspirina.

–Yo tengo en el bolso. Enseguida vuelvo.

Cuando regresó con un vaso de agua, Sarah había recuperado un poco de color. Se tragó la aspirina con el agua y luego dijo:

–Oigo un avión... no, un helicóptero.

Un repentino escalofrío de placer recorrió a Elana.

—Si es un helicóptero será el señor Radcliffe.

Elana mantuvo la mirada clavada en Sarah mientras veía aterrizar el helicóptero. Aunque seguía pálida, el aterrizaje le dio a la niña la posibilidad de centrarse en otra cosa que no fuera su dolor corporal.

Cuando el ruido del motor comenzó a desaparecer, Sarah preguntó:

—¿Lo pilota el propio señor Radcliffe?

—No lo sé. Se lo puedes preguntar tú misma.

La tensión se apoderó de los nervios de Elana cuando se abrió la puerta del helicóptero y bajó Niko con una bolsa en la mano. Se dirigió con buen paso hacia la casa, cambiando de dirección cuando las vio en la terraza. Un subidón de adrenalina atravesó a Elana, provocándole un inmenso placer. Se dio cuenta de algo que cayó sobre ella como un mazazo. Amaba a aquel hombre. Lo amaría para siempre. Si al menos pudiera confiar en él...

Niko se detuvo bajo la balaustrada y miró hacia ellas.

—¿Qué ocurre, Sarah?

Elana se preguntó asombrada si conocería a todos los niños por su nombre. La niña se las arregló para esbozar una media sonrisa y se levantó de la tumbona.

—Me encuentro mal, y me duele la cabeza.

Niko asintió y subió a la terraza. Una vez allí, sonrió mirando a la niña con lo que a Elana le pareció ternura mientras le daba unas palmaditas en el hombro.

—No te preocupes, Sarah.

Sarah bebió un poco de agua y se tumbó otra vez.

Esta vez se quedó dormida. Y se despertó al cabo de un rato cuando volvió Patty West. Y mientras la cuidadora de la casa y Elana preparaban la comida, la niña se quedó hablando con Niko como si lo conociera de toda la vida. La charla quedó interrumpida por la llegada de la profesora y el grupo de alumnos.

–Un millón de gracias por cuidar de ella, Elana. Y gracias por su paciencia, señor Radcliffe.

Niko se encogió de hombros, sonrió y le tendió la mano.

–No ha sido nada. Y me llamo Niko.

Rangi sonrió y le estrechó la mano. Luego se giró para mirar a Sarah.

–Parece que ya está bien como para venir con nosotros y esperar en el instituto a que vengan sus padres a recogerla. ¿Crees que puedes subirte al autobús?

Sarah pareció pensárselo un momento y luego asintió. Todo el grupo se despidió de Elana y Niko, y cuando el autobús se marchó Elana se sintió extrañamente cómoda. Niko siguió en silencio hasta que el sonido del motor se apagó del todo. Ella alzó la cabeza para mirarlo.

–Será mejor que yo también me vaya y te deje instalarte –y luego añadió–, no sabía que volvías hoy.

Capítulo 11

NO TENÍA pensado volver tan pronto –reconoció Niko–, pero mientras estaba fuera he descubierto algo.

–¿El qué? –preguntó Elana con curiosidad?

Él guardó silencio un instante con su mirada azul entornada e inescrutable.

–Una vez, cuando te dije que era ciudadano de Nueva Zelanda y de San Mari, tú dijiste que eso significaba que tenía dos lugares a los que llamar hogar.

Elana asintió con el corazón latiéndole con fuerza y la mirada clavada en su hermoso rostro.

–Me acuerdo.

–Me pareció gracioso, porque nunca he visto ninguno de los dos sitios como mi hogar –hizo una pausa antes de añadir–, de hecho nunca he sentido que ningún sitio era mi hogar. El palacio era muy grande, frío e impersonal, y la afición de mi madre era viajar por todo el mundo. Normalmente sin mí. Y cuando tenía ocho años fui a un internado.

A Elana se le encogió el corazón. Niko debió captar su reacción, porque se encogió de hombros.

–La verdad es que no lo pasé mal, pero desde luego no podía llamarlo hogar... ni tampoco a las universidades a las que asistí. Pasaba parte de las vacaciones con mi padre, pero él vivía como un soltero y durante un tiempo los dos estuvimos recelosos del otro. Finalmente encontramos un terreno común.

–Me alegro –murmuró Elana procurando que ni su voz ni su expresión revelaran sus emociones.

Niko cruzó la terraza y se quedó mirando el jardín, ahora mucho más arreglado, antes de girarse hacia ella. Aquello le estaba resultando increíblemente difícil, pero necesitaba explicarle lo que quería decir.

–Cuando estuve fuera esta vez, me di cuenta de que tú... tú eres para mí un hogar.

Aquellas palabras dieron vueltas por su cabeza. Elana tragó saliva y graznó:

–¿Qué... qué estás diciendo?

La sonrisa de Niko no revelaba ningún atisbo de humor, y no se movió.

–No tengo ni idea de cómo sucedió ni cuando... pero allí donde tú estés es más hogar para mí que cualquier casa que tengo en los dos países de los que soy ciudadano.

La esperanza y el miedo estallaron en llamas dentro del corazón de Elana.

–No te entiendo, Niko...

–Es muy sencillo. Cuando me fui de Mana descubrí finalmente lo que es el amor –dijo con la mirada azul clavada en el rosto de Elana–. Es echar tanto de menos a alguien que sueñas con esa persona...

Elana palideció y asintió casi sin darse cuenta. Niko dio un paso hacia ella, dispuesto a agarrarla si se desmayaba.

–Ah, así que sabes de qué hablo.

Los labios de Elana temblaron y él esperó, pero

ninguna palabra salió de su boca. Así que Niko continuó.

—Al recordar cosas pequeñas, como el modo en que alzas la barbilla cuando me dices que no necesitas que cuiden de ti, tu risa, el calor de tu piel cuando hicimos el amor, el sonido de tu voz... —Niko hizo una pausa, pero ella siguió sin hablar—. Eso fue lo que me hizo darme cuenta de que cada vez que pensaba en volver a Mana mi espíritu se animaba.

Se detuvo y la volvió a mirar fijamente.

—Porque tú estás aquí.

Una alegría que no terminaba de creerse se apoderó de Elana. Le miró fijamente, preguntándose si hablaba en serio, pero no encontró palabras con las que responder. En el fondo de su mente había miedo, un miedo con el que tenía que lidiar. Niko seguía sin moverse. Pero le dio con voz ronca:

—Cada vez que hablamos en el ordenador, cada vez que te veo en la pantalla, te echo más de menos. Sé que echarte de menos cada segundo del día que no esté contigo va a ser parte de mi vida a partir de ahora. Nunca había sentido algo así, y me asusta mucho.

—¿Te asusta? —susurró Elana. Y luego sacudió la cabeza—. No puedo creerlo...

—Créetelo —la interrumpió Niko con la voz cargada de emoción—. Quiero estar contigo... donde quiera que estés, porque sin ti mi vida perdería la mayor parte de su significado.

Elana cerró los ojos para luchar contra los miedos que pugnaban en su mente. ¿Tenía el valor para confiar en el instinto que le decía que no era ningún maltratador? Los recuerdos que tenía de él, de su amabilidad, consideración, los momentos en los que la había ayudado... ¿eran suficientes?

Niko le preguntó con voz tranquila:

–Hay algo que te da miedo. ¿De qué se trata, Elana? ¿Crees que soy como tu padre? Dime qué es y lo trabajaremos juntos.

Tras tragar saliva, Elana preguntó con aspereza:

–¿Qué sabes de mi padre?

La sonrisa de Niko estaba cargada de ironía.

–La señora Nixon, ¿quién si no? Tu madre se confió a ella.

Asombrada y mareada, Elana sintió cómo el color se le retiraba del rostro.

–¿Por qué...? –atrapada en una intensa sensación de traición, no pudo seguir.

Él se encogió de hombros.

–Ella pensó que yo debería saberlo. Y tenía razón.

–Pero, ¿por qué? –insistió Elana.

Niko hizo una pausa y luego dijo con firmeza:

–Sospecho que le preocupaba que yo pudiera hacerte daño. Le estoy muy agradecido. Si ella no me hubiera puesto sobre aviso, podríamos haber estado meses con malentendidos. ¿Cómo era tu padre?

Elana tragó saliva.

–Pegaba a mi madre.

El impacto de Niko fue seguido por una fría rabia que amenazó con apoderarse de él.

–¿Y a ti?

–No. Pero él sabía lo que hacía. Yo le tenía terror.

Niko murmuró algo entre dientes en lo que debía ser el idioma de San Mari.

–¿Cuánto tiempo duró esto?

–Mi madre huyó conmigo cuando yo tenía cinco años. Pero él nos encontró un mes después, vino por nosotras y me metió en el coche. Mi madre llamó a la policía, pero... él estrelló el coche contra un árbol. Murió. Yo me rompí un brazo, pero aparte de eso no tuve nada más.

Elana se estremeció.

–Iba a matarme. Él sabía que eso era lo peor que podría hacerle a mi madre.

Niko trató de controlar el horror que sentía.

–Su propia hija... – murmuró.

Y antes de que Elana pudiera decir nada, continuó:

–Siento mucho que hayas tenido que pasar por semejante terror.

Los pensamientos se arremolinaban en la mente de Elana de forma salvaje. Y dijo confusa:

–Y luego tuve una mala experiencia con un hombre hace un par de años.

–Tienes que sentarte.

Niko hablaba apretando los dientes, atravesado por unos celos tan profundos que no podía controlar. Retiró una silla para que ella se sentara, y Elana obedeció. Él se dejó caer en el sofá y preguntó:

–¿Quieres hablar de ello?

Elana le dirigió una mirada de asombro.

–No, pero al menos no era un maltratador físico. Yo creía que lo amaba, pero era un obseso del control. Me cansé de que me dieran órdenes y de que me trataran como si fuera medio tonta. Tenía que decirle todo el tiempo dónde estaba y él esperaba que hiciera siempre lo que me decía.

Niko sacudió la cabeza.

–Confiar en un hombre debe resultarte bastante difícil. Si lo hubiera sabido habría sido más comprensivo.

Se levantó y se acercó a la ventana. Sin darse la vuelta, dijo:

–Sabía que harías un buen trabajo con los documentos de Mana, pero te ofrecí el puesto principalmente porque no podía sacarte de la cabeza.

Elana escuchó las palabras pero no pudo encontrarles sentido. Niko se dio la vuelta y ella lo miró a la cara. Entonces él dijo abruptamente:

–Al principio creí que era deseo. Algo simple, básico y controlable.

Se detuvo, como si esperara que Elana dijera algo. Pero ninguna palabra salió de su boca. No quería creer que lo que había escuchado era verdad.

Niko retomó lo que estaba diciendo con voz áspera:

–Di por hecho que era deseo, simple, básico y fácilmente controlable –se detuvo, como si esperara que ella dijera algo, pero de su boca no salió ninguna palabra–. Di por hecho que el deseo pasaría y daría paso al aburrimiento, porque eso era lo que pasaba antes.

Niko sonrió sin atisbo de buen humor.

–Creí que yo era como mi madre. Ella se enamoró con mucha facilidad, y se desenamoró igual de rápido. Pensé que alguien inocente y poco sofisticado no podía fiarse de mí y de mis emociones. Pero te deseé desde que te vi. Y cada vez que te veía, el deseo se hacía más fuerte. Y mis emociones cambiaron de modos que nunca antes había experimentado.

Asombrada, Elana le dijo:

—No soy tan joven, y no me considero poco sofisticada.

—Entonces, si te hubiera sugerido una aventura sin
perspectiva de matrimonio... ¿habrías aceptado?

Niko esperó mientras Elana digería aquello. Por
primera vez en su vida tenía miedo. El rostro de Elana
no reflejaba ninguna emoción, y se pasó una mano
temblorosa por el pelo brillante mientras lo miraba a
los ojos. Cuando finalmente respondió lo hizo con un
hilo de voz.

—No —admitió a regañadientes—. Tenía demasiado
miedo. Como tú mismo has dicho, no confío en los
demás con facilidad.

Niko asintió.

—Entonces hicimos el amor. Y fue... fue algo nuevo
y maravilloso, algo que yo nunca había experimentado.
Y estaba encantado porque para ti también fue increíble. Pero justo después dejaste muy claro que no tenías
intención de seguir adelante con esto. Aunque yo man-
tuve la esperanza de que cambiaras de opinión.

Niko esperó como si estuviera aguardando una
respuesta, pero Elana no tenía palabras. Así que finalmente él dijo:

—Cuando la señora Nixon me contó lo de tu padre
empecé a entender, pero no sabía cómo lidiar con la
situación. Ni tampoco sabía qué sentía exactamente
por ti. Mi intención era mantenerme alejado al menos
seis meses y pensar seriamente en ello, pero te echaba
de menos.

Hizo una pausa y luego continuó.

—Diablos, qué término no te echaba de menos. Me
moría por ti. Recordaba cada palabra que me habías

dicho. Esperaba con impaciencia nuestras charlas por Internet, y soñaba contigo cuando me dormía.

–Pero tú ya estabas con... –Elana aspiró con fuerza el aire antes de continuar–, ya tenías una pareja cuando viniste aquí. Le enviaste flores.

–Era un gesto de despedida. Ya habíamos roto. Dejé la relación porque te conocí. No me gustó que estuvieras en la tienda aquí día, pero en cierto modo fue un alivio. Nunca había sentido algo así antes y no me gustaba –Niko hizo una pausa–. A ti tampoco, ¿verdad?

–Yo... bueno, no –y como Niko estaba siendo sincero con ella, confesó–, supongo que utilicé aquello y... algo más como una motivación para no...

Tras unos segundos, Niko preguntó con voz calmada.

–Dime, Elana, ¿para no qué?

Ella se dio cuenta de que se estaba retorciendo las manos y las paró. Aunque no sabía lo que Niko le estaba ofreciendo y no sabía si estaba dispuesta a aceptarlo o no, sabía que tenía que ser sincera.

–Para no enamorarme de ti –afirmó con aspereza–. Para no confiar en ti.

–Puedo entender tu miedo. Pero no sé cómo lidiar con él. Puedo prometerte que no soy un maltratador, pero, ¿cómo esperar que confíes en mi palabra?

–No es solo eso.

A Elana se le llenaron los ojos de lágrimas y se giró para ocultarlas. Niko la envolvió al instante entre sus brazos. Su voz reverberó en sus oídos cuando le dijo:

–Dime, Elana.

Entonces ella tomó aire y le contó lo de la llamada de teléfono. Niko no dejó de abrazarla, y ella sintió todos los músculos de su cuerpo tensos mientras le hablaba de la mujer que le había dicho que podía llegar a ser violento. Cuando terminó de hablar se hizo el silencio durante un largo instante. Tras lo que a Elana le pareció una eternidad, Niko dijo:

—Sé quién es. Cuando rompimos amenazó con ir a la prensa con acusaciones de violencia si no le daba dinero. Le dije que si lo hacía la demandaría.

Niko dejó caer los brazos y ella dio un paso atrás, los ojos clavados en los músculos de sus mandíbulas.

—Con tu historia, entiendo que te resultara difícil confiar. No puedo demostrarte que no soy un hombre violento, igual que no puedo demostrar que lo soy. Solo puedo esperar que me conozcas lo suficiente como para confiar en mí.

—Pero no te conozco bien —protestó ella—. Ni tú tampoco a mí. Yo... no tendría cabida en tu vida.

—¿Por qué dice eso? Encajas perfectamente en mi vida.

—Esta no es tu vida real —murmuró Elana con un medio sollozo.

—Claro que lo es —Niko avanzó hacia ella y luego se detuvo.

—No te voy a tocar —aseguró con voz grave—. Tú debes tomar esta decisión.

Dividida entre emociones conflictivas, se lo quedó mirando con el corazón en los ojos.

—No puedo... no puedo creer que me desees.

—Pues créelo —respondió él con firmeza—. Te deseo. Y te quiero. No sé cómo ha sucedido, ni por qué, pero créeme, me he resistido a ello. Pero ahora sé que es amor. Debí enamorarme de ti aquella primera noche en el baile. Fuiste tan valiente cuando te acercaste al joven Jordan a darle ánimos... estaba impresionado. Y celoso de tu amigo el policía.

Niko hizo una pausa.

–Elana, si esto no es amor entonces no sé qué es. Lo que sí sé es que me está volviendo loco. Si no quieres esto de mí, dímelo ahora, me marcharé y no volveré nunca.

Con el corazón en un puño, tan tensa que no era capaz de decir ninguna palabra, Elana le vio darse la vuelta hasta que su nombre surgió de sus labios.

Niko se detuvo. Durante unos segundos su futuro pesó con fuerza sobre ella hasta que reunió el valor de decir:

–Niko, espera.

Él se dio la vuelta y la miró.

–Es tu decisión –repitió.

Y en aquel momento Elana lo supo.

–No te vayas –dijo dando un paso hacia él.

Niko se quedó paralizado.

–¿Está segura?

–No estoy segura de nada –respondió Elana con un medio sollozo–, pero tampoco soy una cobarde.

–Todo lo contrario –murmuró él con tono dulce–. Me juré que no haría esto, que no sería justo. Pero no puedo...

Entonces la besó, suavemente al principio y luego con una pasión salvaje que hizo crecer dentro de ella una nueva confianza. Finalmente levantó la cabeza y la miró con los ojos brillantes.

–No puedo prometerte que seré un marido perfecto, pero...

–¿Marido? –Elana lo miró con los ojos muy abiertos.

–Lo estoy haciendo fatal –gruñó él–. Ten paciencia conmigo, por favor. Es la primera vez que me declaro a alguien y será también la última. Te amo, Elana. Quiero que seas mi esposa, quiero ser tu marido. Quiero hacer el amor contigo, tener bebés maravillosos contigo, pelear contigo, escucharte reír todos los días y escucharte respirar a mi lado cada noche.

Hizo una breve pausa antes de continuar.

–Si tú también quieres todas esas cosas, por favor sácanos a los dos de esta miseria.

Elana soltó una carcajada mezclada con una explosión de lágrimas y susurró:

–Sí.

–¿Sí qué?

–Sí a todo.

Y por fin volvió a besarla, y Elana supo que podía confiar en él, amarle, que siempre le amaría y que no tenía por qué temer su futuro juntos.

Epílogo

PANIA, cariño, intenta no hacer tanto ruido —Elana le dio un beso a su hija en la nariz y fue recompensada por una risa y un beso en la barbilla.

—Pero hoy es mi cumpleaños, ya tengo siete años —afirmó Pania con orgullo—. Tengo permiso para ser feliz.

—La felicidad puede ser algo silencioso, y más si al gritar podrías despertar al bebé. Y ya sabes lo que pasaría entonces.

—Que se pondría a llorar. Mucho —afirmó Kent, el hermano de Pania, revolviéndole el pelo a su hermana—. Y además, sigues siendo una niña pequeña, Pania. Yo tengo casi nueve.

—Solo tienes ocho y medio —respondió la niña torciendo el gesto—. ¿Cuándo viene papá? ¿Sabe que hoy es mi cumpleaños?

—Por supuesto que sí. Debería llegar en... espera, ¿qué estoy oyendo? —dijo Elana.

Pania soltó un grito de pura alegría y corrió hacia la ventana que tenía las mejores vistas al helipuerto.

—¡Es el helicóptero! ¡Mira, mira, ahí está!

Los dos niños miraron a través del jardín cómo aterrizaba el helicóptero y salieron corriendo de la habitación escaleras abajo. Elana esperó un momento, y al ver que el bebé no lloraba los siguió.

Niko había estado ocupado durante la última semana en lo que ahora era su oficina principal de Auckland, organizado todo para que nada interrumpiera sus vacaciones en Mana. Elana cruzó el jardín en dirección a la puerta, y se fijó en que Kent tomaba de la mano a Pania para que no corriera hacia el helicóptero. Ya mostraba señales de ser tan protector, y autoritario, como su padre. Y Pania le recordaba a veces a su madre con su corazón dulce y su pelo rubio. La pequeña Cara, de cinco meses, había sido un regalo inesperado. Tenía el pelo negro de Niko y unos ojos azules impresionantes.

Elana se quedó mirando con una sonrisa cómo Niko bajaba del helicóptero y se dirigía hacia ellos. Diez años atrás confió plenamente en su instinto y en el amor que sentía hacia ella. Y nunca se había arrepentido. Niko le había demostrado lo maravilloso que podía ser un matrimonio con dos corazones amorosos. Se acercó a ella con un niño en cada mano y el rostro brillante de emoción.

—Elana, cariño, qué maravilloso es volver a casa —dijo besándola.

Y tomados de la mano entraron en su casa y en su futuro, el futuro que habían construido juntos.

Bianca

Retenida y seducida al mismo tiempo

VIAJE A LA FELICIDAD

LUCY ELLIS

La secreta agorafobia de Lulu Lachaille no iba a impedirle acudir a la boda de su mejor amiga. Llegado el día, Lulu se sentía completamente fuera de lugar, pero no era eso lo que hacía que su corazón palpitara desbocadamente…

El escéptico padrino y leyenda del polo, Alejandro du Crozier, odiaba las bodas… ¡Hasta que se quedó aislado en las Highlands escocesas con la seductora dama de honor!

La tentación que representaba la inexperta Lulu era irresistible para Alejandro. Y estaba decidido a mantenerla cerca, e incluso llevarla consigo a Buenos Aires, hasta asegurarse de que su irrefrenable atracción mutua no había tenido consecuencias.

¡YA EN TU PUNTO DE VENTA!